李·安

J'irai cr

总　序

在法国文坛，乃至在世界文坛，像维昂这样在那么短暂的生命中从事过那么多活动、涉足过那么多领域、创造出那么多作品的作家，实属罕见。他是小说家、工程师、爵士乐小号手、剧作家、翻译家、作曲家、诗人、画家、乐评家，还演过电影，录过歌，导过歌剧，当过大型音乐公司的艺术总监，写过导游手册。他在每个行业都干得风生水起，留下大量杰作。

我们在这里只谈他的小说，主要是长篇。

维昂共创作了长篇小说11部，生前出版9部，死后1部，未完成1部；7部以鲍里斯·维昂本名出版，4部以韦尔侬·沙利文为名，谎称是译著，自己冒充译者。此外，他还写了60多部中篇，收入5部小说集中。

维昂的处女作小说是《供文化程度中等者阅读的童话》，这是他在妻子米歇尔住院开刀时，为了给妻子解闷而写的，完全是一部自娱自乐的作品，算不上是严格意义上的小说，所以作者把它叫作“童话”，写的是一个王子骑着马出发寻找当时罕见的食糖，一路险遇，一身荒唐，引人发笑。作品有三个版本，其中最完整的那个版本有作者画的插图。

但大家都把《脑包虫和浮游生物》当作维昂的第一部小说，因为《供文化程度中等者阅读的童话》并未写完。和“童话”一样，“脑包虫”也是一部游戏之作。由于在工作单位闲得发慌，维昂便用写作来打发时间，讲述的是自己身边的事：一方面是阿弗雷城家庭聚会的狂欢，另一方面是在法国标准化协会工作的沉闷。故事在巴黎与郊区两地之间穿插变换，作者的大部分朋友都漫画式地出现在书中，尤其是好友“少校”。“少校”在书中爱上了姑娘齐扎妮，但姑娘的监护人不同意他们的婚事，于是“少校”施展了一系列诡计，最终抱得美人归。书中有个名叫昂提奥什·汤布雷的人，是“少校”形影不离的伙伴，其实写的就是作者自己。作品具有荒诞色彩，大玩文字游戏，使用了许多新词，典型的“有话不好好说”。书名带有暗示意义，“浮游生物”暗指无聊、轻浮，“脑包虫”（vercoquin）隐射玻璃制品（verrerie），维昂在法国标准化协会具体负责的项目就是玻璃制品的标准化工作。

小说由维昂口述，米歇尔打字，1944年动手，当年基本完成，后来有所补充和修改。维昂把书题献给隔壁的大作家让·罗斯坦，并在朋友圈中传阅。稿子传到了罗斯坦的儿子弗朗索瓦手里，弗朗索瓦拿去给父亲看。罗斯坦觉得挺有意思，便把它推荐给他熟悉的著名作家格诺。格诺是伽利玛出版社审读委员会委员，刚刚设立一套丛书，叫“风中之羽”，想收入一些边缘化但具有挑衅性的作品，即反常规的小说，目的是让读者发笑，忘记战争的伤痛。格诺读了维昂的稿子之后觉得很符合丛书的要求，便约见了维昂，建议做些修改，主要是减少书中对小说家的调侃。格诺和维昂有着共同的爱好，都“喜欢文字游戏，喜欢电影和爵士乐，艺术趣味广泛”，这使他们很快就成了忘年交——格诺比维昂大 17 岁，后来成了他在文坛的保护人。1945 年，在格诺的安排下，维昂与伽利玛出版社签了合同，第二年，小说出版。

《脑包虫和浮游生物》的出版，让维昂深受鼓舞。从此，写作从个人游戏变成了一种内在的需要。在格诺的推荐下，他走向了文坛，认识了许多记者和编辑，尤其是与萨特和波伏瓦的友谊使他很快就成了《现代》杂志的作者之一，讲述“少校”充满诗情画意的旅行故事的《蓝色的鹅》就发表在该刊上，另一部中篇《临时演员》则写他第一次拍电影的经历，这些作品后来都收在中篇小说集《蚂蚁》当中。

1946 年 3 月，维昂开始写《岁月的泡沫》，三个来月就写完了，讲述的是一个荒诞不经而又感人至深的爱情故事。在给新闻界提供样书时所附的插页中，他自己是这样概括书的内容的："科兰遇到了柯萝爱。他们相爱，结婚。柯萝爱病了，科兰不惜倾家荡产去救她，但医生无能为力。柯萝爱死了，科兰也活不下去了。"

《岁月的泡沫》被格诺称为"当代最凄婉动人的爱情小说"。科兰刚刚追到他的柯萝爱，柯萝爱就在新婚蜜月旅行途中得了怪病，肺部长了一朵睡莲，从此长期卧床不起。为了给妻子治病，购买能减轻妻子病痛的鲜花，科兰倾其所有，四处求职，不惜从事低下而繁重的工作，受尽非人的折磨。如果到此为止，这部小说还只是一部普通的爱情小说，不足以反映维昂过人的才气。维昂的神来之笔在于，他还在书中浓墨重彩地写了一只甘愿为主人牺牲的灰鼠。科兰为爱憔悴，徒劳地向睡莲复仇，竟连他养在家中的那只宠物鼠也悲痛欲绝，无法承受，最后把自己送到猫的嘴里，以求了断。

除了科兰与柯萝爱，小说中还描写了另一对情侣西克和阿丽丝。西克本来就不富裕，却疯狂地迷上了让－萨尔·保特（暗指萨特），搜集他的每一部作品，不惜花光准备用来置办婚礼的钱，最后破产，因逃税而被捕。阿丽丝愤而纵火烧毁书店，杀死让－萨尔·保特，自己也葬身火海。

小说中充满奇特的想象，许多情节荒诞离奇，让人难以置信，如科兰利用自身的热量制作枪筒，柯萝爱肺部长出永远无法根除的睡莲，钢琴能调出鸡尾酒……作者把现实的和超现实的描写巧妙地结合在一起，多层次、多色调地折射出社会生活。作者在前言中说，小说的故事彻头彻尾是他想象出来的，但从现实中汲取了真实的故事。换言之，这是现实的反映，但背景有所失真。小说综合了他各时期的经历，“有很多的快乐，也有一点小小的危险，心里觉得受到了威胁”：死亡的威胁、疾病的威胁。

《岁月的泡沫》仍被格诺收入“风中之羽”丛书，印了4000册，但没卖出几本，媒体也没什么反应，这让维昂大失所望。此时，维昂正陷入“韦尔侬风波”中，他冒充译者以“韦尔侬”名义出版的《李·安德森的复仇》正面临着指控和起诉。这本书的故事发生在美国南部，表现的是美国黑人艰难的生存状态，是当时最大胆的反种族主义的小说之一。李·安德森的母亲是个混血儿，他弟弟因为爱上一个白人女孩而被杀死。他离开家乡来到另外一个城市，在一家书店当店员，并与当地的一群酗酒且男女关系混乱的年轻人为伍，以强奸、虐待和残害白人女孩来为弟弟复仇。这部作品与维昂署真名的小说风格完全不同，充满了触目惊心的暴力场景，也是“韦尔侬”系列中最有代表性的一部。

1946年9月，假期结束后，维昂的生活恢复常态，继续回纸张管理办公室上班，同时想着下一部小说，打算用一个既真实又荒诞的故事来赞扬人类的巨大毅力。这部名叫《北京的秋天》的小说跟北京没有关系，跟秋天也没关系，写的是一批工程师进驻一个沙漠，建造一条铁路，背景不清楚，铁路的用途也不清楚。施工现场有人进行考古发掘，也有人寻找“信仰之线”，铁路管委会则设在当地唯一的一家宾馆里，宾馆将来要被铁路一分为二。维昂的小说人物一般都很少，这部作品却有三十多个。爱情故事是避免不了的，但这回是三角恋，两个工程师爱上了同一个女人罗歇尔。故事滑稽而幽默，作者把自己痛恨的几个人写进了小说，那个凶悍而好为人师的神甫佩蒂·让无疑是与他争夺七星奖的格罗斯·让，总是被称为“混蛋”的工头阿尔朗与反对他得奖的审读员马塞尔·阿尔朗同名，而行政委员会主任于尔絮·鲍伯朗男爵显然指的就是波朗。《北京的秋天》是维昂在1947年写的第三部小说，他仍希望能由伽利玛出版社出版，但遭到了拒绝，也许是因为结构太怪，也许是因为影射了审读委员会的若干成员，也许是因为前两部小说没有反响。不得已，维昂只好把书稿交给出版过《李·安德森的复仇》的让·阿吕安出版，但它跟后来的中篇小说集《蚂蚁》一样，完全卖不动。

1948年，尽管《李·安德森的复仇》受到攻击，维昂还是把它改编成戏剧，搬上了舞台，但只演出了三个月。当年夏天，他开始写《红草》，这是一部科幻小说，也许是他写得最上心的作品，写得很慢，不断地修改，换书名，叙述结构多次打乱重组。小说讲的是一个名叫沃尔夫的工程师设计和制造了一台忘忧机，可以让人回到过去，重新审视和分析自己的经历。在他回去的每个阶段，都有许多人请他讲述和解释当年之所以那么做的理由——关于他的工作、生活、学习、家庭、爱情、宗教，为什么这样选择而不是那样？通过沃尔夫和那些人的对话，维昂探讨了一些哲学问题。这部作品让人想起威尔斯和卡夫卡的小说，它使作者得以回到内心，逐一检视自己的过去，让沉入心底的东西浮出表面，以便更好地排遣。这其实是一种心理分析，但维昂避免使用这个词，因为他对这一学科不是太尊重。

这部倾向于内心分析的小说尽管跟维昂的其他小说一样有不少黑色幽默的成分，但明显流露出作者的不安。如果说，小说中的沃尔夫不是维昂，维昂起码在书中想驱除心中不愉快的记忆：被家长溺爱的童年，担心性病的传播，生怕考不到文凭……《红草》首次预示了维昂即将到来的心理危机。这已经是他的第 8 部小说了，他仍希望能在伽利玛出版社出。具有讽刺意义的是，向他宣布坏消息的正是他的朋友格诺本人。格诺为他的朋友感到遗憾，在 1949 年 12 月 22 日的信中，他告诉维昂，马塞尔·阿尔朗对这部小说“持保留意见”，加斯东则采取了“紧缩限制政策”。

1950 年，维昂又在酝酿一部小说《空心人》。这次，他将近距离地直视童年问题。故事发生地点让人想起维昂家战前的避暑地科唐坦。克莱芒蒂娜难产，心理医生雅克莫尔赶到村里替她接生后与她进行了一场谈话，发现村里怪事多多：老人被拍卖；偷腥的种马被钉上大钉子；不产奶的母牛被肢解；孩子们被当作奴隶，一犯错便遭受折磨、肢解、杀害……克莱芒蒂娜的原型是维昂的母亲，这个人物溺爱孩子，精神过于敏感，是偏执狂，为了保护自己的三胞胎，她把他们关在铁笼子里，脚上绑着铁块。

这部小说被认为是维昂最好的作品之一，美好的东西与恐怖的事物形成对比，黑色幽默伴随着阴森可怕的描写，让人发笑，也让人辛酸。小说情节怪异，时空倒错，对潜意识的探究和天马行空的想象使其带有强烈的超现实主义色彩。雅克莫尔是一个“新式”的心理医生，他的头脑突然就空了，没了知识，没了意愿，没了用途，成了一个没有过去、没有记忆的空空的需要填充的心理医生。但他尽管“空”，却渴望学习，好让自己肚子里有货。他通过心理分析来充实自己：分析了一只猫，猫空了，他却学会了猫的动作和习惯；分析了专门收集邻村耻辱的村民拉格罗伊之后，他终于在生活中找到了位置。

《空心人》是三部曲“王后的女儿们”的第一部，但书稿再次被伽利玛出版社拒绝，理由是背景太“做作”。维昂在给乌苏拉的一封信中表达了自己的痛苦：“我知道很难读……我写笑话，写出来像是真实的，但我写真实的东西，人们却以为是笑话。”1953年，小说在一家无名出版社出版，格诺给了他一个安慰奖，并写了一篇热情洋溢的文章。但小说仍遭到失败，除了《艺术》杂志提到过这本书，其他媒体缄口不语。维昂愤怒而绝望，决定从此不再写小说。

以维昂为名写作的小说几乎全线覆灭，但“韦尔侬”的小说却非常畅销。《李·安德森的复仇》一年间销售了50多万册。《死者全都一个样》也不示弱，这部小说讲述的混血儿丹虽是黑人出身，却一身白皮肤。他成功地跻身于白人社会，过着优越的生活，直至一个自称是他弟弟的男子到来。该男子向他勒索钱财，威胁他说如果不给钱，便把他的出身公之于众。丹被迫杀死了这个“弟弟”。维昂以韦尔侬为名出版的第三部作品叫《杀死所有的坏家伙》，是一部侦探小说，故事发生在洛杉矶的一家夜总会里。主人公是一个年轻的美男，叫洛克·贝利，深受女士们喜欢。然而，他拒绝了她们，希望守身如玉直到20岁。一天晚上，他被人灌了毒，绑架到舒兹医生的诊所里，被强迫与一个漂亮的姑娘做爱，他拒绝了。事后，他与朋友们对舒兹医生的底细进行了调查……和“韦尔侬”的其他作品不同，这部小说不再采取当时流行的美国侦探小说的样式，而是靠近署维昂真名的作品，故事诙谐滑稽，情节一波三折。

1950年夏，维昂又以韦尔侬为名出版了第四部小说《她们没有意识到》，讲述两兄弟与贩毒集团周旋的故事。性与黑色幽默，“韦尔依”的这两个标签在这部小说中得到了集中的反映。故事发生在华盛顿，迪肯去参加女友加娅组织的一场化装舞会，惊讶地发现她要结婚了，而未婚夫竟然是黑帮分子。在兄弟里奇的帮助下，他想弄清这桩反常的婚姻到底是怎么回事。

尽管维昂没有去过美国，但书中的地方色彩却相当浓，背景也描写得非常真实，还使用了许多美国俗语。为了更好地表现上世纪50年代美国的时代气息，作者引入了一些美国文化元素，如《金赛性学报告》和波托马克河上的汽艇。书中有大量的性描写——爱情中的性，倒错的性，尤其是女同性恋，让人大跌眼镜。书中的那些同性恋女子在恋爱的时候，“并没有意识到”自己错过了什么。

作为小说家的维昂在生前是失败的，如果说他署名“韦尔侬”的作品获得了些许成功的话，他以本名发表的小说却一再受到冷落，不被出版人和同代人理解，而他看重的却是这些小说，认为那才是他真正的作品，体现了他真正的文学才能。但他的观念太超前，奇特的想象力在战后老人掌权的法国文坛难以被人接受，他的黑色幽默常使人尴尬和无措，他在书中大量玩弄文字游戏又使语言纯洁主义者感到不悦，读惯传统作品的读者无法忍受他的肆意妄为和天马行空，加上他又喜欢在小说中影射他人，这就更让文坛的那些大佬生气。而且，他从事了太多的工作，尤其是在音乐方面名声太响、影响太大，遮住了他在文学方面的成就，因此他的文学创作往往会被文人们认为太业余，这就使得他在文坛上步履艰难。尽管有格诺、普雷维尔等名人的支持，但反对他的势力同样强大，本来可以成为他的大靠山的萨特又因与他太太的微妙关系而成了“叛徒”，他在文坛上出局似乎不可避免。

然而，在他死后，尤其是到了法国“68 学运”之后，他的价值渐渐被人认识，追求自由、反叛社会、寻找个人价值的年轻一代在他身上看到了自己想寻找的东西，他那种蔑视传统、无所畏惧的精神获得了年轻人的尊敬，他们在他的嬉笑中找到了严肃的东西，又在严肃的东西里面找到可笑的成分。这位工程师不拘一格的语言中隐藏着诗意的故事，生存的艰难、时光的流逝、死亡的威胁在他的小说中呈现出梦幻般的色彩。他们喜欢他的幽默，欣赏他不竭的创造力和不倦的探索，钦佩他不断挑战成见的勇气。被吉贝尔·佩斯图罗称为“我们这个时代的流星”的作家并未转瞬即逝；相反，这颗流星落地后发出了神奇的光芒，随着岁月的洗涤，显得越来越璀璨夺目。维昂生前勉强出版、无人喝彩的小说，在他去世后一再重版，光是袖珍丛书就出了 30 多种;《红草》至今已销售了 100 多万册;《空心人》每年销量在 1.5 万册左右，总销量达到了 170 万册；连《脑包虫和浮游生物》也卖了 18 万册，截至 2009 年维昂去世 50 周年，总销量达到了 27 万册。1999 年至 2003 年，法雅尔出版社在五年时间里出齐了他的作品全集，洋洋洒洒 15 卷；2010 年，曾无情地拒绝他的伽利玛出版社把他的作品收入了“七星文库”，这表明，他们已正式把他列入一流作家的行列；2011 年，法国国家图书馆为维昂举办了一个大型展览，展出了维昂的大量手稿和物品，包括他的《供文化程度中等者阅读的童话》和《十四行诗百首》的手稿；2013 年，《岁月的泡沫》再次被拍成电影，同名小说蹿上图书销量排行榜榜首，这部作品自从被选为法国学生的教材之后，每年的销量都在 10 万册以上，被译成了 17 种外文，成了学界研究的课题。正如评论家安德烈·克雷雅所言：“如果说，他（维昂）在短暂的一生中，从事了许多各种各样的活动，那么，今天，他的名字已列入法国文学最重要的作家当中。”

胡小跃

2013 年 12 月

2022 年 9 月修订

目录

序 言

大概是在 1946 年 7 月，让·阿吕安在一次美法交流会上认识了沙利文。两天后，沙利文把他的小说手稿交到了阿吕安手上。

沙利文曾对阿吕安说过，尽管他是白人和黑人的混血儿，他觉得自己更像个黑人。众所周知，每年都有数以千计的（经法律认定的）黑人从人口普查名单上消失，投身敌方阵营。沙利文对黑人的青睐有加使他萌生了对“黑人良民”的鄙视，在文学作品中白人会亲昵地拍着后者的后背。沙利文认为，我们可以塑造，甚至遇见和白人一样“强硬”的黑人。这正是他在这本短短的小说中力图展现的。让·阿吕安在朋友的引荐下认识了沙利文，随即取得了出版此本小说的权利。沙利文近期和一些美国出版社接触过，这让他意识到要让这本书在自己的祖国出版，这份努力终将化为徒劳，于是他没有半分犹豫就把手稿留在了法国。

而在法国，我们那些鼎鼎大名的道德家必将会对小说其中几页的内容开炮，指责它们……现实得过了头。我们认为有必要指出沙利文的小说和亨利·米勒[1]的小说存在本质区别。后者在任何情况下都会毫不犹豫地使用最为激烈的措辞；沙利文恰恰相反，相较于粗俗的字眼，他似乎有意使用一些短语以及结构来引人浮想联翩。在这点上，他的文风倒更接近古罗马传承下来的情色传统。

此外，我们能在小说的字里行间找到詹姆斯·M. 凯恩[2]的鲜明印记（作者并没有在原稿或者其他地方拐弯抹角地为第一人称正名，凯恩却在 *Three of a Kind* 那篇古怪的序言中这么做了，这本书刚在美国出版，收录了三个篇幅不长的小说，法国这边由萨比娜·贝里兹负责翻译），我们能发现当今最时髦的作家哈德利·蔡斯[3]以及其他惊悚小说的拥趸对沙利文产生的影响。我们应当承认，沙利文比那些声誉卓著的前辈更加暴虐。他的书在美国无法出版是情理之中：我敢打赌，即使出了，也会马上被禁的。至于小说内容，我们能看到作者对复仇的热衷。生活在“货真价实的”白人统治之下，对于一个（怎么说呢）仍饱受刁难和恐吓的种族来说，这算是一种排忧解难的方式。就好像新石器时代的原始人画出中箭的野牛，以为可以把猎物引诱到陷阱中来，这也可以说是在尽情鄙

① 美国作家，代表作有《北回归线》。

② 美国作家，擅长塑造犯罪小说中的硬汉形象，代表作有《邮差总按两遍铃》。

③ 英国作家，在欧洲有“惊悚小说之王”的称号。

视真实性，鄙视向公众品味妥协的行径。

可悲可叹啊！美国，这可是理想中的乐土，清教徒的所属之地，美酒佳酿之乡，能让你信以为真的国度。在法国，特立独行之人不会遭受磨难，而在大洋彼岸，人们却在不知廉耻地滥用已经成熟的文风。此举无疑是换汤不换药……

鲍里斯·维昂

李·安德森的复仇

一

到了巴克顿就没人认识我了。克莱姆选择那个城市的原因也在这里。再说了，就算我没种待下去，也没剩多少汽油可以继续北上。油箱里只有 5 升的油。美元、克莱姆的介绍信，这就是我全部的家当。我的行李箱不值一提，里面没装啥东西。我还忘了一茬：手套盒里有一把不祥的 6.35 毫米口径小手枪，是小弟的，是把便宜货；警察通知我们把尸体领回家埋掉的时候，这把枪还在小弟的口袋里。我要说的是，克莱姆的介绍信让我感到踏实，比其他的一切都有效。这个法子行得通，它必须行得通。我看了看握住方向盘的手、手指还有指甲。确实无可挑剔。危险已经解除。或许，我真的能够摆脱……

我哥汤姆是在读大学的时候认识克莱姆的。克莱姆对待他的方式和其他学生不同。克莱姆会主动和他说话；他们一起喝酒，一起开着克莱姆的开迪外出。别人看在克莱姆的面子上才会容忍汤姆。

后来，克莱姆回到家乡，顶替他老头在工厂的主管职务，汤姆也动了离校的念头。他回到我们身边。他学到了不少东西，轻而易举地在一所新开的学校谋到一个教师的饭碗。之后呢，小弟的事情闹得满城风雨。我这人够世故，口风紧得很，可小弟不是，他看不出其中的利害关系。女孩的父兄出面解决了他。

就是在那时候，哥哥给克莱姆写了一封信。我没法在这个地方待下去了，他拜托克莱姆帮我找点活干干。地方不能太远，这样他可以时不时地跑来看看我，但也不能太近，要保证没人认得我们。汤姆是这么考虑的，就我的长相还有性格，我们应该能够安然过关。他或许是对的，可我一直惦记着小弟。

在巴克顿的书店卖书，这是我的新工作。我先要和前任取得联系，在三天内熟悉书店的工作。我的前任得到了升迁的机会，所以要找个顶替的人。

今天是个大晴天。这条马路现在叫珍珠港街，恐怕连克莱姆也不知道吧。门牌上还是旧的路名。270号，我看见了书店，把纳什停在店门口。店员正坐在收银台后面誊写账本上的数字；是个中年男人，铁蓝色眼睛，淡金色头发，开门的时候我就看见了他。我和他打了个招呼。

“您好。有什么可以帮忙的？”

“我有封给您的信。”

“啊！要和我交接工作的是您啊。让我来看看信。”

他接过信，读了一遍，翻过来，又还给我。

“工作并不复杂。”他说，“这些是库存（他用手画了个圈）。今晚我会把账结掉。至于销售、宣传还有其他的事，照着公司监督员给你的指示，还有你收到的文件来做就行。”

“是个销售网？”

“对。我们都是分店。”

“好的。”我附和道，“什么书卖得最好？”

“哦！小说。低俗小说，但这不关我们的事。宗教书也不赖，还有教辅书。儿童书不多，正儿八经的书更没有。我从来没有试着开发过这块业务。”

“宗教书在你看来不算正经书？”

他用舌头舔了舔嘴唇。

“别套我的话。”

我朗声大笑。

“别误会我的意思。我只是不再相信那玩意儿了。”

“好吧，给你个忠告。不要让别人知道这点，每个星期天去做礼拜，否则他们很快就会孤立你的。”

“哦！好的。”我说，“我会去教堂的。”

“喏，瞧瞧，”说话间，他递给我一张纸，“检查一遍。这是上个月的账目。简单得很。我们从总公司收到书，你只要记下收到的数目和卖出的数目就行了，一式三份。他们每隔两周会来收次账。你的工资是用支票支付，还有小小的提成。”

“给我吧。”我说。

我接过账单，坐在低矮的柜台上，上面堆满了顾客从书架上抽出来的书，他大概还没有时间把这些书复归原位。

“这里的人有什么消遣？”我继续问他。

“没什么，”他说，“街对面的杂货店有些姑娘，里卡多那里有波旁威士忌，要再走两个街区。”

虽然语气生硬，但他并没有显得不快。

“你在这里干了几年？”

“五年，”他说，“还有五年。”

“之后呢？”

“你问题可真多啊。”

“这都怪你不好。你为什么要说‘还有五年’？我可没问你啊。”

他嘴角弯下来，眯缝起双眼。

“你说得对。好吧，再干五年，我就不干这活了。”

“那干什么？”

“写东西，”他说，“写畅销书。只写畅销的。历史小说，黑人睡了白人女孩，还没被人打；还有别的，在郊区下层社会长大的年轻女孩出淤泥而不染、洁身自好的故事。”

说完，他自顾自地冷笑起来。

“畅销书嘛！接着呢，还要写大胆猎奇的书。在这地方要博出位很容易。你只要胆子够大，把所有人都能看见的东西说出来就行。”

“你一定会成功的。”我说。

“那是当然的，我一定行。我都写了六本了。”

“你没有试过投稿吗？”

“我在出版社没朋友，我的钱也不够。”

“那么？”

“再过五年，我就有足够的钱了。”

“你一定会成功的。”我最后断言。

接下来的两天是在忙忙碌碌中度过的，尽管书店的运作并不复杂。我需要更新订单，汉森——那个店员的名字——告诉了我各种获取客户信息的渠道，他们当中有一部分人会定期来书店看看，和他探讨一下文学。他们知道的内容仅限于《星期六评论》，还有当地报纸上的文学副刊，那份报纸的印量只有区区 6 万份。我目前要做的就是看着汉森和客人聊天，努力记住他们的名字和样子，因为在书店工作，在客人踏进书店的那刻叫出他的名字，还是相当重要的，远甚于其他地方。

至于住宿，我也和汉森谈妥了。他在街对面的杂货店楼上租了两居室，我可以继续住在那里。他预支了点钱给我，让我先在旅馆过渡三天，他还特意请我吃了两天的饭，避免我的欠债越滚越多。他真是个好人。我在懊恼畅销书的事儿，畅销书不是这么写的，有钱也没用。他或许有些才华。但愿他能走运。

第三天，他把我带到里卡多那里，趁着午饭前喝一杯。当时是10点，他准备下午动身离开。

这是我们共进的最后一餐。之后，我就要独自面对顾客、面对这座城市了。我要挺住。遇见汉森已经是我的运气。本来靠着我的那点钱，再变卖点东西，我还是能撑过那三天的。但现在，我荷包鼓鼓，信心十足，这个开局不错。

里卡多那里就是个再寻常不过的酒馆，环境整洁，食物差劲。空气中飘荡着炸洋葱圈和甜甜圈的味道。有个人坐在吧台后面心不在焉地看报纸。

“想喝点什么？”他问。

“两杯波旁威士忌。”汉森一边点单，一边用眼神征求我的意见。

我表示同意。

服务员递给我们两个大玻璃杯，里面有冰块，还插了根吸管。

“我总是这么喝的，”他向我解释，“希望你不会觉得我是在强人所难……”

“没事。”我说。

如果你从来没用吸管喝过加冰的波旁威士忌，你永远不知道这是什么滋味。就像有团火直冲你的上颌。文火，感觉棒极了。

“带劲！”我称赞道。

我从一面镜子里瞥到了我此刻的样子，看上去就像个彻头彻尾的疯子。我有一段时间没碰过酒了。汉森哈哈大笑。

“别担心，很快就会适应的，可惜了。继续喝啊，”他说，“我还要让我以后会经常光顾的酒馆的服务生知道我的癖好……”

“很遗憾你要走了。”我说。

他笑了。

“如果我留下来，那这里就没你的事儿了！不行，”他接着说，“还是我离开好了。再干五年，我发誓！”

他一口气干掉了杯子里的威士忌，又要了一杯。

“你很快就会适应的。”他居高临下地看着我，“你是个好人。你身上有些让人捉摸不透的地方。你的嗓音。”

我笑而不答。这家伙让人受不了。

“你的嗓音太洪亮了。你不是唱歌的吧？”

“哦！我有时会自娱自乐地唱几首。”

现在的我不再唱了。以前会，在小弟出事前。我唱歌，还弹吉他为自己伴奏。我喜欢唱汉迪[①]的蓝调、新奥尔良爵士乐的老歌，

---

① 威廉·克里斯托弗·汉迪，美国蓝调音乐家，被誉为“蓝调之父”。

还有我自己的作品，但我再也不会弹吉他了。我要的是钱，很多的钱。这样我才能拥有别的东西。

“凭你这副嗓子，各种女人你都能手到擒来。”汉森说。

我耸耸肩。

“你对女人没兴趣？”

他捶了一下我的后背。

“到杂货店晃一圈。环肥燕瘦，应有尽有。她们在城里搞了个时尚女孩俱乐部。你知道的，那些年轻人喜欢穿红袜子、条纹毛衣，还给弗兰克·西纳特拉[1]写信。杂货店是她们的根据地。你见过了吧？没有，真是的，你几乎一直窝在书店里。”

我又要了一杯波旁威士忌。酒精在我的手臂、我的双腿，乃至我的全身循环。我们那里缺的就是时髦女孩。我想死了。十五六岁的妙龄少女，紧身毛衣包裹住高耸的乳房，她们存心这么穿的，这些婊子，她们知道得一清二楚。还有袜子，笔直的两条腿穿上亮黄或者亮绿的袜子，配上一双平底鞋；还有蓬蓬裙，圆润的膝盖；她们总是坐在地上，分开的双腿露出白色的内裤。是的，我喜欢，我喜欢时髦的女孩。

汉森看着我。

“她们都很好骗。”他说，“你不会有啥损失的。她们有的是地

① 美国20世纪最优秀的流行歌曲男歌手。

方带你去。”

“别把我说得和发情的公猪一样。”我说。

“哦，不是的。”他说，“我是说喝酒、跳舞的地方。”

他微微一笑。我表现出了兴趣，可能吧。

“女孩奇怪得很，”他说，“她们会跑到店里去看你的。”

“她们去那里能干吗？”

“她们会买明星照片，偶尔也会买一些精神分析学的书籍。我是说医学书。她们都是学医的。”

“好吧，”我没好气地嘀咕道，“走着瞧吧……”

我装出无所谓的样子，这次应该装得挺像的，汉森开始谈论别的事情。接着，我们一起吃了午饭，他下午 2 点出发，剩我一人站在书店门前。

二

约莫待了两个星期，我开始无聊了。在此期间，我一刻也没有离开过书店。书店情况不错，书很快会销售一空，这要得益于先期的广告宣传。总公司每个星期会寄来一包书，还会附上一些宣传图片和宣传折页，让我放在书架的显眼位置，可以在相关的图书下面，也可以是一目了然的地方。通常，我只要看个宣传介绍就够了，然后翻开书随便看上四五页，就能对故事内容有了大致的了解。绰绰有余了，至少能和那些被商业伎俩骗得团团转的不幸读者搭上话，他们在意的只是：带图画的封面、宣传折页、作者照片，以及一小段生平介绍。书价很贵，这是有一定道理的。这无疑证明了没人要买优秀的文学读物；他们想读的就是他们的读书俱乐部推荐的书、众人谈论的书，然后再大肆嘲讽一番书里的内容。

有些书我会同时收到一大堆物料，要求做个橱窗展示，发个宣传单。我会把宣传单堆成一摞放在收银台边上，并且往顾客的购物袋里塞上一张。没人会拒绝用蜡光纸印刷的宣传单，上面写的寥寥几句话正中本城顾客的心怀。总公司利用这个办法为所有有点畅销潜质的书做宣传——橱窗布置好的当天下午，书就会被抢购一空。

说真的，我也不是特别的无聊。应付日常的销售，我已经游刃有余，这只是一些机械性的操作，我有时间可以想些别的事了。这让我感到一丝不安。一切都太过顺利了。

天气晴朗，暑意渐散，整个城市尘土飞扬。河边低洼处的树荫带来丝丝凉意。来到这里后，我还没有好好地出去逛过，对于周围的田园风光不甚了解。我感到需要点新鲜空气。然而，另一种需求更让我不甚烦恼。我要女人。

下午 5 点，我拉上卷帘门，今晚我不会像往常一样再回到店里，在水银灯下埋头工作了。我戴上帽子，外套搭在手臂上，径直向对面的杂货店走去。我就住在楼上。店里有三名顾客，一个 15 岁左右的男孩，两个年龄相仿的女孩。他们心不在焉地瞟了我一眼，又埋头沉浸在各自的冰镇牛奶中。看到这玩意，我差点晕了过去。幸好我上衣的口袋里放着“解毒良方”。

我在吧台前面坐定，那位子原本属于两个女孩当中年龄稍大的那位。售货员是个相当丑陋的褐发女人，她微微抬头看了我一眼。

“有什么饮料是不加奶的？”我问。

“柠檬汁？”她向我建议道，“葡萄汁？番茄汁？可口可乐？”

“葡萄汁，”我说，“别倒得太满。”

我在上衣里面一阵摸索，打开了我的小瓶子。

“这里不准饮酒。”售货员的警告绵软无力。

“没事，这是我的药。”我冷冷一笑，“别担心你的营业执照。”

我给了她 1 美元。我今早收到了支票。每周 90 美元。克莱姆认识公司的人。售货员把钱还给了我，我多给了她一点小费。

葡萄汁配威士忌，一般是不会这么搭配的，但总好过没有。我感觉好多了。我已经走出来了。我会走出来的。三个小家伙看着我。在这些小屁孩的眼里，26 岁的我就是个老不死的。我冲金发女孩一笑。她穿了一件天蓝色带白条纹的圆领套头毛衣，袖管卷到了手肘处，小巧的白袜配上绉胶底鞋。这是个令人愉快的女孩，身材玲珑有致。摸上去想必手感紧实，就像一对熟透的李子。她没穿胸罩，乳尖在羊毛衫下依稀可辨。她也对着我笑。

“热吗？”我先开腔了。

“热死了。”她伸了个懒腰。

胳肢窝下有了两块汗渍。这让我有了一些冲动。我站起身来，往边上的点唱机塞了 5 美分。

“敢不敢和我跳一曲？”我欠身靠上她。

“哦！你难道会杀了我！”她说。

她和我纠缠在一起，我连气都喘不上来了。她还带着婴儿的体香。她身材苗条，我可以用我的右手搭着她的右肩。我抬起手臂，手指滑到了她的胸部。另外两个人看着我们也跃跃欲试。这是一首脍炙人口的老歌，黛娜·肖尔的《糖浆馅饼》。歌声在空中回荡。售货员抬眼看我们跳了会儿舞，又埋头看自己的杂志去了。

她毛衣底下什么都没穿，我立刻发觉了。可惜歌曲结束得太快，再多两分钟就好了，我又一下子不招人待见了。她放开我，回到座位上，看着我。

“你这把老骨头跳得还凑合嘛……”她说。

“是我爷爷教的。”我说。

“看出来了，”她语带嘲讽地说，“一点也不通行情……”

“跳摇摆舞的确是难为我了，不过我能教你别的东西。”

她妙目微闭。

“大人的玩意？”

“这要看你的能耐了。”

“我知道你在打什么如意算盘……”她说。

“你肯定猜不到。你们当中谁有吉他？”

“你会弹吉他？”男孩说。

他一个激灵，回过神来。

“会一点。”我说。

“那也会唱两句喽。”另一个女孩开腔了。

“会一点……”

“他有个凯博·凯洛威[1]的嗓子。”第一个女孩酸溜溜地说。

看见别人和我搭讪，她有些不开心。我要缓和下气氛。

“带我去个有吉他的地方，”我看着她说，“我要露两手给你们看看。我不敢打包票说自己是威廉·克里斯托弗·汉迪，可我会蓝调。”

她迎上我的目光。

“好啊，”她说，“我们去 B.J. 那里。”

“那个男的有吉他？”

“是女的，贝蒂－简。”

“也可能是巴鲁克－朱尼尔啊。”我笑嘻嘻地说。

“那是！”她说，“他就住在这儿。走吧。”

“这就走？”男孩问。

“为什么不？”我说，“她需要被人修理修理。”

“好吧，”男孩说，“我叫迪克，她叫姬琪。”

他指了指和我跳舞的女孩。

“我嘛，”另一个女孩说，“我叫朱迪。”

“叫我李·安德森，”我说，“我在对面那家书店上班。”

“早就知道了，”姬琪说，“两个星期前大家就知道了。”

“这你们也有兴趣？”

---

① 美国爵士乐歌手。

“当然，”朱迪说，“这地方缺男人。”

我们四个人一起走出了杂货店，迪克在一旁叽叽歪歪地表示反对。他们看上去很兴奋。我还剩了点波旁威士忌，在适当的时候，能让他们好好爽一下。

一走出来，我就说：“我跟着你们走。”

迪克的敞篷车就停在门外，那是一辆老式的克莱斯勒。他让两个女孩坐在前排，我嘛，就坐在了后排位子上。

“年轻人做什么的？”我问。

车子一个猛冲，蹿了出去，姬琪跪在位子上，转过身子回答我的问题。

“干活。”她说。

“读书？……”我继续提问。

“差不多，还有别的……”

“你坐到后排来吧，”风太大，我不得不提高嗓门，“这样说话方便点。”

“常常如此吧。”她喃喃自语道。

她又微微闭上眼睛。她大概是从哪部电影里面学来这招的。

“你难道想让自己身败名裂，嗯？”

“还行。”她说。

我抓住她的肩膀，让她一时失去了平衡。

“喂！你们两个人！”朱迪回过头来说，“你们说话的方式可真特别啊……”

说话的当口，我正打算从左侧把姬琪拉过来，我总算找到了方便下手的地方。我的举止真的算不上粗鲁。她似乎明白过来这只是个玩笑。我让她坐在皮质座位上，搂住她的脖子。

“现在给我安静点，”我说，“要不然，我就揍你的屁股啦。”

“瓶子里面是什么？”她问。

我的夹克衫搭在膝盖上。她的手滑到衣服下面，我不知道她是否是存心的。她一定是存心的，她一把捏住了它。

“别乱来，”我抽出她的手说，“我会给你的。”

我拧开镀镍的瓶塞，把瓶子伸过去。她喝了一大口。

“别喝完了！”迪克大声抗议。

他在后视镜里监视着我们的一举一动。

“给我点，李，你这个老滑头……”

“别担心，还有呢。”

他一手握住方向盘，一手朝着我们的方向在挥动。

“喂，不是开玩笑吧！”朱迪站出来了，“别把我们两个当背景板啊！……”

“你是这伙人当中最冷静的一个，”我对她说，“你就从来没有头脑发热过？”

“从来没有！”她说。

迪克把瓶子扔回给我，却被朱迪半空截了下来。等到物归原主的时候，瓶子已经空空如也。

“那么，”我顺着她的话说，“感觉好点了没？”

“哦！……还不赖……”她说。

我看到她眼里满是泪水，可她使劲忍住了。不过说起话来有点上气不接下气。

“还有吗？”姬琪说，“没给我留点啊……”

“我们可以再去搞点，”我提议说，“我们先去拿吉他，然后去里卡多那里。”

“你运气真好，”男孩说，“没人肯卖给我们。”

“那是因为你们看上去太嫩了。”我揶揄道。

“不是那么嫩啦。”姬琪闷闷地抱怨起来。

她开始不安分地乱动，我只能收回手，自顾自地坐好。敞篷车突然停下，我的手垂下来，有意无意间滑过她的手臂。

“我去去就回。”迪克丢下一句话。

他下车，朝一幢房子跑去。那幢房子是一整排房子当中的一幢，很明显是由同一个开发商建造的。迪克又出现在门廊上，手里提着上过光的吉他琴盒。他在身后关上门，一步三跳地回到了车边。

“B.J. 不在家，”他告诉我们，“我们怎么办？”

“我们会把吉他还给她的，”我说，“上车吧。去里卡多那里，我要装满那瓶子。”

“你会有个好名声的。”朱迪说。

“哦！”我信誓旦旦地表示，“大家很快就会明白，是你们把我牵扯进了这罪恶的狂欢当中。”

我们原路返回，那把吉他有点碍事。我让男孩在酒吧不远处停下车，我要补充“弹药”。我又另外买了一瓶，回到大伙身边。迪克和朱迪跪坐在前排座椅上，正和一个金发女郎聊得热火朝天。

“你觉得怎么样，李，”男孩说，“我们去游泳吧？”

“好啊，”我说，“你能借我一条游泳裤吗？我没有……”

“哦！我们总会有办法的！……”他说。

他发动汽车，我们出城了。没开多久，我们就抄了一条近道，这条路只有克莱斯勒那么宽，路况很糟糕。事实上，没有人来维护这条小路。

“我们找到了一个很棒的游泳的地方，”他向我打包票，“没有一个人！只有水！……”

“那条有鳟鱼的河？”

“是的。那里有砾石，还有白色的沙子。没人会去那里，只有我们才会走这条路。”

“看出来了。”我用手撑住下巴，每一次的颠簸都可能让我的下巴脱臼，“你应该换辆车，开推土机才对。”

“这也是乐趣的一部分。”他解释说，“别人就没办法染指这里了。”

他加大油门，一路加速，我祈求造物主再为我打造一副骨头。眼前的路峰回路转，又开了 150 米后，他停下来。四周只剩下茂密的树林。克莱斯勒停在了一棵粗壮的枫树前，迪克和朱迪跳下车。我先于姬琪下车，在半空中把她一把抱住。迪克拿起吉他，一马当先。我毫不犹豫地跟了上去。我们穿行在密林的小径上，眼前突然一亮，那是一条清冽的小河，河水清澈得就像金酒酒杯。日暮低垂，热气依旧逼人。阴影下的河水微微荡漾，而另一边，在斜晖的照射下，河水又泛出温暖的光芒。一片浓密的草坪一直延伸到河边，草是干的，上面落满了尘土。

“还不错，这地方。”我赞赏道，“就你们几个人发现了这里？”

“我们可不是傻瓜蛋。”姬琪说。

我的后颈被一大块干泥巴砸了一下。

“如果你们不老实，”我威胁说，“你们就没有‘奶’喝喽。”

我拍了拍口袋，强调了一下我的话的分量。

“哦！别生气啊，会唱蓝调的老歌手，”她说，“让我们看看你会点啥。”

“游泳裤呢？”我问迪克。

“没关系的，”他说，“反正这里没外人。”

我转过身。朱迪已经脱下毛衣。她里面没穿什么。裙子顺着双腿嗖的一下滑到了地上，鞋子和短袜踢飞到了空中。她赤身裸体地平躺在草地上。我的表情看上去一定很蠢，因为她在朝我笑，是那种讥讽的笑，我险些乱了方寸。迪克和姬琪也脱得精光，赤条条地在朱迪身边躺下。我感到自己傻透了，我局促不安起来。不过，我注意到那个男孩瘦得很，在有晒斑的皮肤下面是一根根突起的肋骨。

“好吧，”我说，“我干吗要装腔作势呢？”

我存心动作拖拖拉拉的。我的身体，我知道得一清二楚，而且我敢保证，在我脱衣服的时候，他们也会渐渐明白的。我伸了个大懒腰，把骨头弄得嘎吱作响。我在他们旁边坐下。之前和姬琪有过几次短短的肢体接触，我还没冷静下来，不过，我也不会刻意掩饰什么。我猜他们大概正等着我打退堂鼓呢。

我抓过吉他，是把很好的伊普芬。坐在地上弹琴并不舒服，我对迪克说：

“你不介意我去车上拿个坐垫吧？”

“我和你一起去。”姬琪说。

她像鳗鱼一样灵活自如地穿梭在树林中。

灌木丛中落满了层层阴影，看着置身其中的姬琪，她的胴体、她的漂亮脸蛋，我的心头产生了一丝异样的感觉。我放下吉他，紧随其后。她走在前面，因此等我走到车子边上时，她已经拿着沉甸甸的坐垫往回走了。

“给我！”我说。

“让我安静点，泰山[①]！”她叫了起来。

我不顾她的反对，举止粗鲁地从身后一把抓住她。她松开坐垫，并没有反抗。我就当是抓到了一只母猴。她似乎明白了我的举动，奋力挣扎起来。我哈哈大笑，我就喜欢这款的。这里的草长长的，软软的，像个充气床垫。她滑倒在地上，我和她纠缠在一起。我俩像野人一样互相搏斗。她乳房以上的皮肤是古铜色的，没有胸罩的印记，有多少裸体女孩的美就是被它给破坏掉的。一丝不挂的姬琪像个不谙世事的少女，光滑的皮肤让人不禁联想到杏子，可当我把她压在身下时，我知道她比女孩懂得多。她给了我这几个月来最好的体验。在我的指尖下，我能感受到她纤细、柔滑的腰，再下去，是臀部，和西瓜一样紧实。这样大概过了 10 分钟。她假装睡着了，就在我准备长驱直入的时候，她一溜烟地往小河边逃走了，把我像傻瓜一样晾在一边。我拾起坐垫，跟在她后面。到了河边，她一个跃起，蹿入水中，甚至没有激起一点水花。

“你这就下水游泳了？”

---

① 美国影片《人猿泰山》中的主人公。

这声音是朱迪的。她嘴里嚼着一截柳条，手枕在脑袋下面，仰面躺着。迪克躺在她边上，神情慵懒，温柔地抚摸她的双腿。一个空瓶躺在地上，已经底朝天了。她迎上我的目光。

“是的……空了！……”她笑了起来，“我们还给你留了一……”

姬琪在河的另一边扑水。我在上衣里面一阵摸索，找到了另一瓶，也一头扎入水中。河水暖洋洋的，我感觉精力充沛。我拼了命地往前游，终于在河中央碰到了姬琪。水大概有两米深，水流缓慢得几乎感觉不到。

“你渴吗？”我问她，一边用一只手打水，好让自己浮出水面。

“当然喽！”她说，“你那套驯服小野牛的本事真把人折腾得够呛！”

“来吧，”我说，“仰泳。”

她仰躺在水面上，我从她的身下穿过，一只手环住她的上半身，另一只手把瓶子递给她。她接过瓶子，我的手指抚过她的大腿。我温柔地分开她的双腿，又一次把她带入水中。她在我上面，我们俩几乎是站在水中，我们要不停地移动才能保证自己不会沉入水底。

三

这样的日子一直持续到9月。这个小团体还有另外五六号人马，男孩女孩都有：B.J.，吉他的主人，长得歪瓜裂枣，不过身上有股独特的气息；苏茜－安娜，也是个金发女孩，只是比姬琪丰满；一个栗色头发的女孩，毫不起眼，可以跳上整整一天。至于男孩，要多蠢就有多蠢。我可不想再犯同样的错误，再和他们一起进城，那我在这里很快就会名誉扫地了。我们在河边碰头，他们恪守这个秘密，因为我乐意给他们提供威士忌和金酒。

我上过所有的女孩，一个接着一个，简直是易如反掌，有点令人作呕。她们做起这事就像刷牙一般随意。这群人的举止和猴子没啥两样，放浪形骸、贪得无厌、吵吵闹闹、淫邪放荡。这就是我目前在干的事。

我常常弹吉他。这就够了，即使我没法单凭一只手在同一时间内扫了所有男孩的颜面。他们教我吉特巴舞和摇摆舞。我很快就学会了，而且跳得比他们还好。错不在他们。

然而，我又想起了小弟，我夜不能寐。我见过汤姆两次。他保住了饭碗。人们没有再说起那桩事。大家放过了汤姆，让他安安静静地待在学校里，至于我，他们今后不会常常见到我了。安娜·莫兰的父亲把女儿送进了州立大学，他和儿子继续过活。汤姆问我是否一切都好，我告诉他我的银行户头已经有 120 美元的存款了。我的花销很省，除了在酒精上。还有，书店的销售一如既往地好。相信到夏天结束的时候会有一个增幅。他提醒我不要忽视了宗教活动。这件事我本可以置之不理，但我还是费了些心思，我不想让别人觉察出更多的隐情。汤姆信仰上帝。我嘛，我和汉森一样每个周日都去做礼拜，但我认为，一个人无法同时做到清醒和笃信，而我必须清醒。

我们从教堂出来，在河边会合，把姑娘玩了个遍，所剩的廉耻心就跟发情期的猴子一样多；我们的确就是一群猴子，我坦白告诉你们。接着，夏天在不知不觉中悄然结束，雨季来临。

我比先前更加频繁地光顾里卡多。我有时也会路过杂货店，和小猫咪们聊聊天。说实在的，我的摇摆舞水平开始超过他们了，我在这方面还是有天赋的。巴克顿的有钱人陆陆续续地度假回来了，有的是从佛罗里达，有的是从圣莫尼卡，还有我不知道的地名……皮肤一个个都晒成了古铜色，金灿灿的，可整天待在河边的我们比他们更黑。书店变成了他们的约会场所。

这些人还不认识我，不过，我有的是时间，我可以慢慢来。

四

之后，德克斯特也回来了。他们总和我念叨这个名字，听得我耳朵都要生茧了。德克斯特的家在本城的高尚社区，最漂亮的那几幢房子里有一幢就是他家的。他的父母住在纽约，他要在巴克顿待上整整一年，因为他有两片娇弱的肺。他们本来就是巴克顿人，而且这里的教学质量不比别的地方差。我已经知道了他的帕卡德①、他的高尔夫球杆、他的收音机、他的酒窖还有他的吧台，就好像我过往的人生是在他家度过的一样。看到他的时候，我的确没有失望。他就是一个小混蛋，如假包换。瘦弱的身材，棕色的头发，有点印第安人的特征，阴沉的黑眼睛，拳曲的头发，鼻梁画出一道巨大的弧线，下面是一张薄嘴唇。他的手难看极了，巨大的手掌上指甲剪得干干净净，却长得东倒西歪，又宽又短又肿，一看就是病秧子的手指甲。

① 美国豪华汽车生产商。

他们和德克斯特走得很近，就好比一群狗围着一块肉。我作为酒精提供者的地位有所下降，可我还有吉他，还留了几招踢踏舞的绝活，这些他们都不会。我有时间。我要搞出点动静，而在德克斯特这个小团体里，我一定能得到我梦寐以求的，我开始每个晚上梦到小弟。我觉得德克斯特喜欢我，尽管他有讨厌我的理由，我有肌肉，有身材，还有吉他，但这些都让他着迷。我有的他都没有。而他，他有钱。我们俩是天生一对。从一开始他就明白了，我能豁出去干不少事。可他猜不透我的想法；不会的，他想不到这么远；他怎么可能比其他人想得更多呢？在我看来，他只是觉得有了我的一臂之力，他们能够小打小闹地干上几桩荒唐事儿。照此来说，他倒也没搞错。

度假的人差不多都回城了。我开始出售各种课本，自然科学、地理、物理，还有一堆类似的书。他们都带来了自己的朋友。女孩是种可怕的生物。才 14 岁，她们就挖空心思要别人来轻薄她们，可在买本书的当口要找到一个借口，她们还要多多努力……可是，突然间，一切都成真了：为了验证度假成果，女孩让我摸她们的肱二头肌，渐渐地，我摸到了她们的大腿。女孩们总爱虚张声势。我也有些正经客人，这就要看我见机行事了。可这些女孩无论在一天中的哪个时间点都兴奋得像母山羊，湿润得晶莹欲滴。如果单凭这点就以为卖书是份简单的工作，那我要说这真的算不上一份闲职，大学教授的美差才是呢。等学校重新开学后，我这里稍微清静了点。她们只有下午才会来书店。可怕的是，那些男孩同样对我青睐有加。这种生物非雌非雄，除了极个别的生来就是个爷们，剩下的也和女孩一样，乐此不疲地把自己往我手里送。他们一如既往地热衷随时随地跳上一段。我想不起来有哪次见到五个人聚在一起的时候，他们不会哼着歌，跟着节奏舞动起来。这点让我很受用，这和我老家的传统有点相似。

我对我的样貌不再有任何的顾虑。我觉得这是不容置疑的。不过，德克斯特有次吓到了我，事情发生在最后几次游泳的时候。当时的我一丝不挂，正和其中的一个女孩胡闹，我把她像婴儿一样抛向空中，转个圈，再用手臂接住。他趴在我身后，看着我们两人。这不堪入目的场面就和这瘦小男人爬满刀疤的背一样：他得过两次胸膜炎。他抬头看着我，说：

“你的身材和别人不一样，李，你的肩膀是塌的，和一个黑人拳手一样。”

我心里一紧，松手把女孩摔在地上。我一边唱起自己创作的歌曲，一边绕着他跳舞，所有人都在笑，可我还是不舒服，因为德克斯特没笑。他一直盯着我看。

晚上，我看着盥洗台上面的镜子，这次轮到我开怀大笑了。既然我也有一头金发，有白里透红的皮肤，说实话，我是不会有任何危险的。我会得手的。德克斯特，他是出于妒忌才这么说。再说了，我真的是溜肩。那又碍着了谁？那晚，我难得睡了个好觉。两天后的周末，德克斯特家会搞个派对。必须正装出席。我只能去租一件常礼服，店家立马帮我弄来了一件。先前穿过这件常礼服的人身材和我相仿，因此我拿来穿没有任何问题。

那天晚上，我又想起了小弟。

五

当我踏进德克斯特家的时候，我终于明白为什么要穿正装出席：我们那伙人淹没在“上等人”中。我立刻认出了那些人：医生、牧师，反正就是这类人。一个黑人仆人接过我的帽子，我注意到另外还有两个。德克斯特抓住我的手臂，把我介绍给他的父母。我这才知道今天是他的生日。德克斯特酷似他的妈妈：一个瘦弱的棕发女人，双眼浑浊；他的爸爸是那种你想用枕头慢慢闷死他的男人，因为他们永远对你视而不见。B.J.、朱迪、姬琪和其他女孩都换上了晚礼服，举止优雅，清丽动人。看着她们故作淑女地喝鸡尾酒，或者受邀和那些一本正经的四眼男共舞，我不由自主地想到了她们的生殖器。我们偶尔会互相抛个眼色，知道彼此都记着对方。真是可怜啊！

这里有货真价实的酒精饮料。德克斯特懂得待客之道。我毛遂自荐地邀请了一两个姑娘跳了几曲伦巴，接着我就开始喝酒，因为除了喝酒我也没啥事可干。我和朱迪默契地来了一首蓝调，这让我重新振作起精神。朱迪是和我发生关系较少的女孩之一。她似乎一直躲着我，我想尽办法，也没让她的上床次数超过另一个女孩。但是，我有预感，今晚我绝对不会活着从她的双腿间出来。天啊！太热了！她想带我上楼，去德克斯特的卧室，但我不太肯定我们在那里会不会被打扰，作为弥补，我把她带到喝饮料的地方。接着，我看到一群人走了进来，我感到脑门上挨了一拳。

进来的是三个女人——两个年轻的，还有一个约莫 40 岁——和一个男人，可我想说的不是中年女人和男人。是的，我知道我终于找到了。那两个女孩，小弟一定会在墓中高兴得辗转反侧。我抓紧朱迪的手臂，她以为我要她，于是靠过身来。我真想把她们全都放在我的床上，什么也不干，只是看着这些女孩。我松开朱迪，有意无意地抚过她的双臀，任由她靠在我的手臂上。

“朱迪，那两个洋娃娃是谁？”

“你有兴趣了，嗯，卖书的老家伙？”

“说啊！德克斯特从哪里弄来这些美人的？”

“人家是名媛，不是郊区工人家的小太妹，你要搞清楚，李。想和她们一起玩水，门都没有！……”

“太可惜了！到了迫不得已的时候，我想我只能另找个姑娘来替代这两位了！”

“别兴奋成这样，老兄！她们不是本地人。”

“她们是哪里的？”

“普里维尔。离这里有100多英里。她们家和德克斯特的父亲是世交。”

“两个都是？”

“嗯，都是！你今晚傻乎乎的，我亲爱的乔·路易斯①。她们是同父同母的两姐妹。珞·阿斯奎斯和琼·阿斯奎斯。琼是金发的那个。她是姐姐，比珞大五岁。”

“她有16了？”我进一步问。

“15。李·安德森，你要抛下我们去追求阿斯奎斯家的姐妹双姝啦？”

“你这个傻姑娘，朱迪。那两个女孩难道没有吸引到你吗？”

“我更喜欢男人。对不起，但我今晚要表现得规矩点。陪我跳舞吧，李。”

“你帮我引荐一下？”

“找德克斯特去。”

“好吧。”我说。

我和她跳完了唱片上的最后两首曲子，然后把她晾在一边。德克斯特正在大厅另一头和一个轻佻的女人说话。我轻轻碰了他

① 美国历史上最伟大的重量级拳击手之一。

一下。

“哦，德克斯特！”

“好啊！”

他转过身，看我的眼神里带着玩笑的意味，可我并不介意。

“那两个女孩……阿斯奎斯家的……对吗？帮我介绍一下吧。”

“老兄，那是当然的。跟我过来。”

姐妹俩惊为天人。凑近看，两人的美貌更甚我在吧台时的惊鸿一瞥。我和她们东拉西扯了一会儿，电唱机刚刚换上新唱片，我于是邀请棕发的珞和我共跳一曲慢狐步舞。他妈的！我要感谢老天，还有那个人，他的常礼服完全是为我量身定制的。我拉着她，让她靠近我，我俩的距离比正常的跳舞礼仪近一些，在我们的小圈子里面，我们常常是紧贴在一起的，可我现在不敢越雷池一步。她喷了香水，那玩意儿一定是贵价货，可能是法国货吧。棕色的秀发挽在一边，一双野猫般的黄眼睛镶嵌在苍白的倒三角脸上；还有她的身体……我情愿不去想它。长裙紧裹在身上，我不知道这是怎么办到的，因为脖子和肩膀处并没有设计吊带，干干净净，唯一的支撑点是胸部，我要说，有了这对坚挺高耸的乳房，即使穿上两打同样重量的裙子也没有问题。我把她微微带向右侧，透过敞开的常礼服衣襟，即使隔了一层丝质衬衫，我仍然能感受到她的乳尖碰触在我的胸膛上。其他的女孩，在大腿位置上，我们会看到衣服底下的内裤边缘。但她似乎另有妙招，因为从腋窝到脚踝，她的身材就是一条流畅的曲线，宛若倾泻而出的牛奶。我试着和她说话。在我呼吸正常之后，我立马这么干了。

“为什么从来没在这里见过你？”

“这里的每个人都看到我了。这就是证明。”

她微微向后仰，好看清我的样子。我比她高了整整一个头。

“我的意思是指城里……”

“如果你去普里维尔，你就能见到我了。”

“那好，看样子我要在普里维尔租房了。”

在发起攻势之前，我有过犹豫。我不想走得太远，可是和这种女孩打交道，充满了未知数。必须冒点风险。她似乎不为所动。她浅浅一笑，眼神是冷的。

“即使如此，你也不一定能见到我。”

“我想你不乏追求者……”

我决定来横的。眼神冰冷的人是不会穿成这样的。

“哦！”她说，“普里维尔没什么有趣的人。”

“好吧。”我说，“那么，我有机会喽？”

“我不知道你这人算不算得上有趣。”

作弄。不过，我寻寻觅觅的东西已经在我身边了。我不会这么快气馁的。

“你对什么感兴趣？”

“你还不赖。但也有可能是错觉，我不认识你。”

“我是德克斯特的朋友，还有迪克·佩奇，别的人。”

“我知道迪克。可德克斯特这人怪得很……”

“他有的是钱，能让他成为一个真正的怪人。”我说。

“照此说来，我想你也不会喜欢我们一家人的。你知道的，我们也有不少的钱……”

“闻起来……”我的脸微微凑近她的头发。

她又笑了。

“你喜欢我的香水？”

“爱死了。”

“奇怪……”她说，“我敢打赌，你更喜欢马匹的味道、武器机油的味道，或者是软膏的味道。”

“别损我了……”我说，“这不是我的错，如果我生来如此，如果我没有天使的外表。”

“我讨厌天使。”她说，“但我更讨厌喜欢马的男人。”

“我连鸟儿都躲得远远的。”我说，“我什么时候能再见到你？”

“哦！……我还没走呢，”她说，“我们还有整整一晚上。”

“这不够。”

“这要看你的了。”

她放开我，乐曲戛然而止。我看着她穿梭在一对对舞者中，她回头冲我冷冷一笑，可我并不会就此灰心丧气。她曼妙的身材能让国会议员精神一振。

我回到吧台边，找到迪克和姬琪。他们正在一小口一小口地享用马提尼，一脸无聊透顶的表情。

“哦，迪克！”我说，“你笑得太多了，你的脸会走样的……”

“还好。”姬琪说，“长头发的男人，你前面在干什么？和老女人调情，还是在追求富家千金？”

“作为一个长头发的男人，”我反唇相讥，“我开始有了一点爵士乐的灵感。叫上几个不错的家伙，我们一起离开这里，我会告诉你我到底会些什么。”

“‘不错的家伙’长了一对猫眼，还穿着露肩裙，嗯？”

“姬琪，我的美人，”我一边说一边靠近她，抓住她的手腕，“你不会指责我喜欢漂亮姑娘吧？”

我把她拉近些，直视她的眼睛。她笑得眉飞色舞。

“你是自寻其扰，李。你的女人还不够多吗？再说了，你也知道，我也不算一个糟糕的选择，我老爸每年能挣2万美元。”

“那你们在这里玩得很开心喽？我是闷死了。带上几瓶酒，我们去别的地方。穿着这套该死的深蓝色玩意，我都要透不过气来了……”

“你猜德克斯特会不高兴吗？”

“我猜德克斯特还有别的事要忙，顾不上我们。”

“那你的漂亮姑娘呢？你认为她们会这样离开？”

“迪克认识她们……”我表示肯定，并且别有深意地看了他一眼。

迪克比平时聪明了些，他拍了拍大腿。

“李，你真是个难缠的家伙。你总有办法！”

“我还以为我是个长头发的男人呢。”

“那是假发吧。”

“帮我把那两个妞找来，”我说，“把她们带到这里。或者，想办法让她们上我的车，你的也行，如果你更喜欢这样做的话。”

“可是借口呢？”

“哦！迪克！”我循循善诱，“你和这两个放荡的小蹄子一定有很多童年回忆可以拿来叙旧吧……”

他认命地离开了，嘴里还开着玩笑。姬琪在一边听着，对我一顿奚落。我向她做了个手势，她靠上来。

“你，”我说，“找到朱迪和比尔，另外再找七八个人。”

“我们要去哪里？”

“我们能去哪里？”

“我父母不在家，”姬琪说，“就我弟弟在，他快睡觉了。来我家吧。”

“真有你的，姬琪。千真万确。”

她压低嗓音。

“你会干我的？……”

“什么？”

“你会干我的？……”

“哦！……当然。”我说。

我和姬琪是老相好了，可我当时当刻就想立马干她。这样的她着实让人兴奋：她穿着晚礼服，光滑的长发如波浪般垂在左脸边，双眼稍稍斜视，嘴唇透着无邪。她呼吸急促，面色潮红。

“这很蠢，李，我知道我们一直在做。可我就是喜欢！”

“没事的，姬琪，”我说，搂了搂她的肩膀，“在死之前，我们还要干上不止一次呢……”

她死死攥住我的手腕，然后走了，我还没来得及拉住她。那一刻，我本想告诉她，告诉她我是谁；我想的，为的是看看她的表情……然而，姬琪不是我看得上眼的猎物。我自认和约翰·亨利[①]一样强壮，但我没那么容易心碎。

我回到冷餐台边，问站在台后的服务员要了一杯双份的马提尼。我一口气喝完了它，我要出点力，帮迪克一把。

① 美国民间故事中的英雄人物，一个身高体壮的黑人。他和蒸汽动力机展开竞赛，最后赢得胜利，但也力竭而死。

阿斯奎斯家的姐姐出现在了屋子里。她正和德克斯特聊天。看着德克斯特额头上的那缕黑发，我觉得他比平时更讨人厌了。他的常礼服真的非常合身。至于里面，身材似乎也不错，黝黑的皮肤映衬着雪白的衬衫，恰如其分地在说：“去迈阿密享受一个美妙的假期吧。”

我径直走向两人。

“德克斯[1]，”我说，“如果我请阿斯奎斯小姐跳支慢狐步舞，你会不会杀了我？”

“你的身板比我硬朗多了，李，”德克斯特回答我，“我是不会和你打架的。”

老实说，我觉得他根本没把我放在眼里，但这种人的说话口气让你很难辨别他的言下之意。我已经抱住了琼·阿斯奎斯。

我还是更喜欢妹妹珞，可我不觉得这对姐妹花有五岁的差距。琼·阿斯奎斯几乎和我一般高，至少比珞高了 4 英寸。她的晚礼服是两段式的，黑色的上衣几近透明，下半身的裙子则要厚上七八层，胸部有繁复精细的花纹，不过遮挡住的地方也极其有限。琥珀色的皮肤在肩膀和太阳穴处晒出了点点雀斑，还有那头剪得很短的鬈发衬得她的脸蛋越发圆润。她的身材比珞更加丰腴。

“你觉得晚会好玩吗？”我问。

---

① “德克斯”是“德克斯特”的简称，主人公以此来表示两人的亲近关系。

“晚会嘛，总是这么回事。谁也不比谁更糟。”

“现在，”我说，“我有一个更好的选择。”

这姑娘会跳舞，所以我不用费很大的功夫。我也可以大大方方地把她搂得更紧，因为她不用仰着脑袋和我说话。她的脸颊贴着我的；我垂下双眼，欣赏她的侧影：轮廓分明的耳朵、奇怪的短发，还有圆润的肩膀。她身上有鼠尾草和野草的气息。

“你用了什么香水？”我继续问她，因为她先前没搭我的话。

“我从不涂香水。”她说。

我不再兜兜转转，我要冒险一试。

“你觉得我们换个地方怎么样？那里要好玩得多。”

“你的意思是？”

她说话的时候没有抬头，漫不经心的声音仿佛是从我身后飘来的。

“意思是，可以尽情喝酒，尽情抽烟，还有足够的地方尽情跳舞。”

“这里变样了啊。”她说，“我想起了原始部落的舞蹈。”

的确如此，在这 5 分钟里面，我们没能挪动过一步，我们踩着节奏进退不得。我放开了她，仍然搂着她的腰，带她往门口走去。

“来啊，”我说，“我带你去朋友家。”

“哦！我十分愿意。”她说。

她说话的时候，我正好回头看她，一股酒气扑鼻而来。如果她没喝下那半瓶金酒，上帝也会宽恕我的。

“你的朋友是什么人？”

“哦！都是好人。”我向她保证。

我们穿过空荡荡的门厅。我没花多大力气就找到了她的披风。门廊处的茉莉花香四溢在温热的空气中。

“说到底，”琼·阿斯奎斯在门口停了下来，向我指出，“我根本不认识你。”

“怎么能说不认识呢……”我拉着她往外走，“我是老家伙李·安德森。”

她身子往后倒去，哈哈大笑起来。

“是啊，李·安德森……走吧，李……他们还等着我们呢。”

现在轮到我跟不上她的脚步了。她一眨眼冲下五级台阶，我在10米开外的地方才追上她。

“喔！……别跑得这么快！……”我说。

我一把抓住她的胳膊。

“车子在那里。”

朱迪和比尔正坐在纳什里面等我。

“我们搞到酒了。”朱迪喘着气说，“迪克和别的人在前面。”

“珞·阿斯奎斯呢？”我的声音很轻。

“也在，唐璜，她也在。开车吧。”

琼·阿斯奎斯的脑袋靠在前排座位的椅背上，软绵无力地向比尔伸出一条胳膊。

“好啊！你叫什么名字？下雨了？”

“肯定不会下雨的！”比尔说，“晴雨表上的水银柱下降了 18 英寸[1]，可那是明天的事儿了。”

“哦！”琼说，“我从来没乘过这么高的车子。”

“别说我的杜森伯格[2]坏话。”我抗议道，“你不冷吗？”

我弯腰去找那条可能存在的毯子。我把她的长裙撩到膝盖上，可衬衫的袖扣却一不留神挂住了裙子。老天哪，这双玉腿！……

“我热死了。”琼含糊不清地说。

我发动汽车，跟上迪克刚刚开走的那辆。德克斯特家的门口停着一溜儿新车，我本可以去弄一辆来替代我的老纳什。可就算没有新车助阵，我照样可以手到擒来。

姬琪家住得并不太远，这是一栋弗吉尼亚式的小楼。花园的篱笆是用高高的灌木丛围成的，这在当地的花园中倒是别具一格。

我看见迪克那辆火红的敞篷车停了下来，并且熄了火，但车灯亮着；我也停下车，我听见敞篷车的关门声。车上下来四个人，迪克、姬琪、珞，还有一个。看他上楼梯的方式，我认出那人是小尼

① 晴雨表的水银柱下降就说明天要下雨。

② 豪车品牌，这是主人公对自己那辆纳什车的戏称。

古拉斯。迪克和他手上各拿着两瓶酒，我看见朱迪和比尔也都拿着相同数量的酒。琼·阿斯奎斯似乎不愿下车。我绕过车子，打开车门，一只手伸到她膝盖下，另一只手垫着她的脖子。她身上的酒气冲鼻得很。朱迪站在我身后。

“李，你可爱的朋友，她晕晕乎乎的。你把她打晕了？”

“我不知道是我还是金酒把她给弄醉了，”我低声埋怨道，“可她睡得并不沉。”

“这是个好机会，亲爱的，上啊。”

“你真烦人。和一个喝醉的女人上床，这太没有难度了。”

“那就和其他人喽！”

这是琼温柔的嗓音。她醒了。

“你还是把我带出来散步透气了？”

眼见她要呕吐，我噌的一下跳进了姬琪家的院子。朱迪关上车门，琼在呕吐，我扶住她的脑袋。呕吐物倒算干净，只有金酒。可那股气味和马身上的味道一样难闻。她醉得一塌糊涂。我用一只手扶住她。

“放开我的袖子。”我低声警告朱迪。

她的手滑过我的胳膊，松开了常礼服的衣袖，我换到另一边扶住阿斯奎斯家的姐姐。

“好吧，”她看我完成了一系列的动作，说，“我帮你看着。别急。”

比尔这时候已经提着酒瓶走远了。

“哪里有水？”我问朱迪。

“屋里有。走吧，我们从后门进去。”

我跟着她走进院子，一手拖着在石子路上踉踉跄跄的琼。老天啊！一个女孩竟然能重成这样！我需要有人帮我搭把手。朱迪走在我前面，带我上了楼梯。其他人已经在客厅里吵闹起来，幸好房门是关着的，可以隔绝掉部分的吵闹声。我在黑暗中摸索着上楼，指引我的是朱迪发出的一点亮光。她终于在二楼找到了电灯开关，我进入浴室。浴缸前面铺了一块巨大的泡沫塑料防滑地毯。

“把她放上面。”朱迪说。

“认真点，”我说，“把她的裙子脱了。”

朱迪拉开裙子的拉链，一眨眼的工夫就除去了那层轻薄的衣料。她把琼的丝袜卷到脚踝处。琼·阿斯奎斯就这样赤裸裸地躺在防滑地毯上，说实在的，在此之前，我从没见过身材如此完美的女性。如梦似幻。她双目紧闭，嘴唇翕张。我用毛巾帮她擦了擦嘴。不是为她，是为了我自己。朱迪忙着找药。

“我找到了，李。让她喝这个。”

“她现在没法喝东西。她睡着了。而且，她的胃里没有东西。”

“那你就上啊，李。别管我。等她醒了，说不定就没机会了。”

“你有种，朱迪。”

“我穿着衣服碍着你了？”

她走向门边，反手锁上门。接着，她脱掉了裙子和胸罩，只剩下丝袜。

“轮到你了，李。”

她坐在浴缸边上，两腿分开，看着我。我等不及了。我扯下衣服，抛向空中。

“上她，李。快点。”

“朱迪，”我对她说，“你真不要脸。”

“为什么？我喜欢看着你趴在那女孩身上。上啊，李，上啊……”

我倒在琼的身上，可那该死的朱迪让我喘不过气来。这不行。我跪在地上，琼就躺在我的两腿间。朱迪靠上来。我感到她的手抚上我的身体，把我引向该去的地方。她的手四处游走，这让我兴奋难耐，差点就要叫出声来。琼·阿斯奎斯一动不动地躺着，我的目光落在她的脸上，她还在流口水。她双腿分开到一半，继而合上，我感到她开始微微扭动身躯——她在扭腰——朱迪继续用另一只手抚摸我的下体。

朱迪站了起来。她穿过浴室，关掉灯。光天化日之下，她是没胆做这些事的。她走回来，我以为她要重新开始，但她却俯下身，抚摸起我的身体。我仍在原地，她趴在我的身上，脑袋朝下，这次不是用手，而是用嘴。

六

过了一个小时，我才意识到我们的失踪会让别人起疑的，我终于摆脱了两个女孩。我不知道我们到底在浴室的哪个角落。头有点晕，背疼得很。胯上的挠痕是琼·阿斯奎斯的指甲肆虐的印记。我爬到墙边，确定了一下方位，终于找到了电灯开关。朱迪在一边有了动静。我打开灯，看见她坐在地上揉眼睛。琼·阿斯奎斯趴在防滑地毯上，脑袋枕着双臂，似乎还在酣睡。老天爷啊，那妞的小蛮腰！我快速套上衬衫和裤子。朱迪在盥洗台前面补了补妆。然后，我取来一条浴巾，在水里浸湿。我抬起琼·阿斯奎斯的脑袋，叫醒了她。她眼睛睁得大大的，而且，她竟然在笑。我搂住她的腰，扶她坐在浴缸边上。

“洗个澡对你有好处。”

“我太累了，”她说，“我想我稍微多喝了点。”

“我也这么认为。”朱迪说。

“哦！也不是很多！”我安慰她，“你特别需要小睡一会儿。”

她站起来，抱住我的脖子，她也深谙接吻之道。我轻轻挣脱她的束缚，把她安顿在浴缸中。

“闭上眼睛，抬起头……”

我旋开淋浴器的水龙头，水洒在她的身上。在温水的作用下，她的躯体渐渐舒展开，我看到她乳尖的颜色变得更深了，还微微突起。

“这有好处……”

朱迪穿上她的丝袜。

“你们两个快点。如果我们现在立马下楼，说不定还能找到点喝的。”

我抓过一件浴袍。琼关上水龙头，我用这吸水的布料裹住她，她很享受。

“我们在哪里？”她问，“德克斯特家吗？”

“在朋友家，”我说，“我觉得在德克斯特家没劲。”

“你们把我带走真是做对了，”她说，“这里才待得下去嘛。”

她的身子已经干了。我把两件套的晚礼服递了过去。

“穿上。把你的脸弄一弄，我们这就走。”

我走向门口，为朱迪开门，她一阵风似的跑下楼。我本也想紧随其后。

“等等我，李……”

琼把背转向我，让我为她扣上胸罩。我轻轻啃咬着她的后颈，她顺势仰起头。

“你会和我睡觉吗？”

“乐意之极。”我说，“悉听尊便。”

“马上？……”

“你的妹妹会奇怪你到底在干吗的。”

“珞在这里？”

“当然！……”

“哦！……这太好了，”琼说，“这样的话，我就能看着她了。”

“我认为你的管教也只对她有用。”我附和道。

“你觉得她怎么样，我是说珞？”

“说不定我也会和她睡觉的。”我说。

她又笑了起来。

“我觉得她很棒。我希望变成她那个样子。你真应该看看她没穿衣服……”

“这正是我梦寐以求的。”我说。

“哎哟！你真是个大老粗！”

“对不起！我没时间学习社交礼仪。”

“我特别喜欢你的举止。”她用温存的眼神看着我。

我的手臂环过她的腰，把她带到门口。

“我们该下去了。”

“我也喜欢你的嗓音。”

“走吧。”

“你愿意娶我吗？”

“别说傻话了。”

我开始往下走。

“我没说傻话。你应该娶我的，就现在。”

她的神色异常平静，她清楚自己说出的每句话。

“我不能娶你。”

“为什么？”

“我想我更喜欢你妹妹。”

她又笑了。

“李，我爱你！”

“荣幸之至。”我说。

他们都聚在客厅里，熙熙攘攘吵个不停。我推开门，让琼先进去。我们的出现招来一片埋怨声。他们开了几罐冷冻鸡肉，正在大快朵颐。比尔、迪克和尼古拉斯脱了外套，只穿着衬衫，上面已经沾上了调味汁。珞的裙子上有一块明显的蛋黄酱污渍。至于朱迪和姬琪，她们毫无自觉地在暴饮暴食。我发现有五瓶酒就快被消灭掉了。

收音机悠悠地送出一支舞曲。

琼·阿斯奎斯一见到鸡肉就大叫一声，抢过一大块，迫不及待地啃起来。轮到我站定，我装了满满一盆的食物。

毫无疑问，开局良好。

七

凌晨3点，德克斯特的电话来了。琼正在专心致志地把自己再灌醉一次，比第一次醉得更厉害，我于是拜托尼古拉斯帮我照顾她。我不愿离开她妹妹半步，我尽力给她灌酒；可她并不由着我胡来，我需要多花点心思。德克斯特警告我们，姐妹花的父母开始感到不对劲了，他们一直没见到自己的两个女儿。我问他是怎么找到我们的聚会地点的，他只是在电话那头笑笑。我向他解释我们离开的理由。

“没事的，李，”他说，“我很明白，今晚在我家没什么事好干的。那些人都一本正经的。”

“来我们这里吧，德克斯。”我打断他的话。

“你们没喝的了？”

“没了，”我说，“可问题不在这里，到这儿来可以让你换换脑筋。”

这家伙一如既往地尖酸刻薄，而他的音调也一如既往地纯真无瑕。

“我走不开，”他说，“否则我会过来的。我怎么对父母说？”

“告诉他们，你要把姐妹俩接回家。”

“我不知道他们会不会不高兴，李，你知道的……”

“她们这个年纪完全可以照顾好自己。”

“好吧，李，可大人们知道，她们不是单独待着。”

“你来搞定，我的老伙计德克斯特，我相信你。”

“好吧，李。我来搞定。再见。”

“再见。”

他挂断电话。我这边已经尽力而为了，我要回去处理自己的事儿。姬琪和比尔开始毛手毛脚，这些小动作可不适合良家妇女观看。我兴致盎然地观察珞的反应。她竟然也开始喝酒了。那场景并没有吓着她，甚至在比尔解开姬琪裙子的时候。

“我给你来点什么？”

“威士忌。”

“快点喝了它，我们接着跳舞。”

我抱住她，想把她带到另一间屋子里去。

“我们在那里做什么？”

“他们太吵了，这里。”

她一声不吭地跟着我。她顺从地坐在我旁边的长沙发上，可当我的手摸上去的时候，我得到了男性生涯中屈指可数的一个耳光。我怒不可遏，可还是有办法笑脸相对。

“放下你的爪子。”珞说。

“你的力道可真大啊！”我对她说。

“不是我先挑起的。”

“这不是理由。你以为这是学校的周日聚会吗？或者是在玩赌博游戏？”

“我不想成为头等大奖。”

“不管你是愿意还是不愿意，你都是头等大奖了。”

“你惦记着我父亲的财产。”

“不是的，”我说，“我惦记的是这个。”

我把她掀翻在长沙发上，撕开正面的裙子。她奋力反抗，像是美丽的恶魔。一对乳房从浅色的丝质面料中呼之欲出。

“放开我。你这个蛮子！”

“不是的，”我说，“我是个人。”

“你让我恶心，”她挣扎着要逃离，“你和琼在楼上待了一个小时，你们在做什么？”

“我什么也没做，”我说，“你也知道，朱迪和我们在一起。”

“我现在总算知道你们那伙人是什么货色了，李·安德森，还有你喜欢和什么样的人厮混。”

“珞，我向你保证，我没动你的姐姐，我只是在帮她解酒。”

“你撒谎。你是没看见她下楼时的神色。”

“天哪！”我说，“我敢打赌，你这是嫉妒！”

她吃惊地看着我。

“可……你算什么啊？……你以为你是谁？”

“你以为，假如我……真的碰了你的姐姐，我还会有兴趣关心你吗？”

“她没我好！”

我一直把她控制在沙发上。她已经停止反抗。她的胸脯快速地起起伏伏。我俯下身子，亲吻她的胸部，长时间地，一个接着一个，一边用舌头舔舐她的乳头。然后，我站起来。

“是的，珞，”我说，“她没你好。”

我松开她，敏捷地往后一让，我怕她会有过激反应。而她只是转过身子，抽抽搭搭地掉下眼泪。

八

之后，我又投入日常工作中去。饵已经放下，现在要做的就是顺其自然，静观其变。我很清楚，我会再见到她们的。琼，已经被我看了个遍，相信她是不可能对我忘怀了。至于珞，好吧，鉴于她的年龄还有我在姬琪家的所作所为，我还是有那么一点自信的。

一星期之后，我收到一批新书，这预示着秋天的结束、冬天的来临。我的生活井井有条，我也在继续存钱。我现在有了一笔小小的存款。或许微不足道，但我心满意足。有好几笔开销等着我，我要买新衣服，还要把我的车子翻新一下。我当过好几次救兵，顶替城里唯一一个还凑合的乐队的吉他手在斯托克俱乐部里面演奏。我想这个斯托克俱乐部和纽约的那个①应该没有半点关系。可戴眼镜的年轻人还是乐意来这里，带上做保险经纪的女孩或者当地的拖拉机代理商。这让我有了点额外收入。此外，我还会把书推销给我在

---

① 纽约的斯托克俱乐部开在第五大道上，是个名流云集的高档夜总会。

那里结识的人。那伙人偶尔也会光顾这里。我还照常和他们见面，朱迪和姬琪一直是我的床伴。我甩不掉姬琪。还好我有两个，那是因为我的身材无懈可击。除此之外，我会做些田径运动，把肌肉练得和拳击手一样。

一天晚上，距离德克斯家的晚会已经过去一个星期了，我收到了汤姆的信。他让我尽快回家一趟。我趁着周六休息，驱车回城。我知道汤姆给我写信一定是有原因的，我猜有不好的事发生。

有人暗中破坏了参议院的选举，罪魁祸首就是巴尔博，在这个地方你找不出比他更混账、更该死的人了。在黑人获得选举权之后，他就不遗余力地挑唆、蛊惑民心。就在投票前两天，他甚至派人驱散了黑人集会，有两人因此丧命。

哥哥是黑人学校的教师，他站出来公开表示抗议，还递交了一封信，可第二天却遭到一顿毒打。他写信让我开车回家，把他带到别的地方去。

他在屋里等我，昏暗的房间里只有他孤零零的一个人。他坐在一把椅子上。佝偻的阔背、双手捧着的脑袋，这一幕让我心酸，我感到我愤怒的血液，我黑人的血液，在我的血管中奔腾，在我耳边叫嚣。他站起来，扶住我的肩膀。他的嘴巴肿着，说话不利索。我本想拍拍他的背以示安慰，他制止了我的动作。

“他们用鞭子抽我。”他说。

“谁做的？”

“巴尔博的人，还有莫兰家的儿子。”

“又是那个兔崽子！……”

我的拳头不由自主地握紧。怒火在一点一点地吞噬我。

“你想做掉他吗，汤姆？”

“不想，李。我们不能这么做。这样做的话，你的人生就完了。你现在有了一次机会，你没有任何印记。”

“可你应该得到比我更好的，汤姆。”

“看看我的手，李。看看我的指甲，看看我的头发，看看我的嘴唇。我是黑人，李。我逃脱不了的。可你！……”

他停下来，看着我。那家伙真的爱我。

“你呢，李，你必须走出去。上帝会帮助你走出去的。他会帮助你的，李。”

“上帝才不在乎呢。”我说。

他笑了。他知道我没啥信仰。

“李，你在很年轻的时候就离开了这座城市，你丢失了你的宗教。但当时机来临时，上帝会原谅你的。人类选择逃避。可你应该归顺于他，敞开你的怀抱，敞开你的心房。”

“你准备去哪，汤姆？你需要钱吗？”

“我有钱，李。我想和你一起离开这栋房子。我想……”

他停住了。有些言语很难从他变形的嘴巴中说出来。

“我要烧了这房子，李。我们的父亲亲手建造了它。我们的一切都来自他，我们应该感恩戴德。他几乎就是个白人，从肤色上来说，李。但你要记住，他从来没想过否认自己的血统。我们的兄弟死了，没人能够占有这座由我们的父亲用一双黑人的手一砖一瓦建造起来的房子。”

我无话可说。我帮汤姆打点好包裹，把它们一个个摞在纳什车上。这幢房子建在城市边上，相当荒凉。我留下汤姆做扫尾工作，先走出屋子，调整一下包裹的摆放位置。

几分钟后，他和我会合了。

“走吧，”他说，“我们走吧，对于黑人而言，正义统治这片土地的时机还未来临。”

红色的火光在厨房闪烁，火势瞬间就扩大了。油罐发出沉闷的爆炸声，火光随即占领了相邻房间的窗户。接着，长长的火舌撕开板墙，并在风力的作用下越燃越旺。火光围绕着房子翩翩起舞，而汤姆的脸庞在一片红色中泛出津津汗水。两颗热泪滚下脸颊。他扶住我的肩膀，我俩转身上路。

我以为汤姆会卖掉这屋子。有了这笔钱，就可以给莫兰家找点麻烦，或许能把三个当中的一个打一顿，但我不愿干涉他的想法。我有我的行事方式。汤姆的脑瓜子里还留着太多关于仁慈和尊严的古板观念。汤姆这人太老实了，所以受害的总是他。他以为好人就有好报，就算真的发生，那也只是凑巧而已。只有一件事情才是重要的，那就是进行彻底的报复、报复。我想起了小弟，他比我更白。安娜·莫兰的父亲知道了他在追求自己的女儿，他俩出双入对，事情于是变得一刻也不得拖延了。可小弟从来都没离开过这座城市；而我，在过去的十几年当中，我一直离它远远的，我交往的人并不知道我的底细，我可以丢掉他们加在我们身上的那份卑贱的谦逊，这会渐渐地形成一种条件反射，这份可憎的谦逊会让汤姆受伤的嘴巴说出怜悯的言辞，这份恐惧会让我的同胞在听到白人的脚步声时躲起来；可我知道，即使没了那层皮，他还是会被认出来，因为他多嘴，他会在那些所谓的朋友面前露出马脚。我已经赢得了比尔、迪克、朱迪等人的一点好感。但要告诉他们，是一个黑人和他们为伍，于我没有任何好处。对于珞和琼，我可以通过虐待她们来报复莫兰一家及他们那伙人。两条命换一条，他们不会把我干趴下的，就像他们对待我兄弟那样。

汤姆在车里昏昏沉沉地睡着了。我加快行驶。我要把他送到默奇森交通枢纽的岔道口，他在那里搭乘特快列车北上。他决心回到纽约。他是个好人，汤姆。一个好人，太过感情用事，太过卑微。

九

我第二天回到城里，没睡觉就直接开始工作了。我不困。我在等待。我等到了，11 点的时候，电话铃响了。琼・阿斯奎斯邀请我和德克斯还有别的朋友去她家度周末。我自然答应下来，语气却是不疾不徐。

“我会抽出时间的……”

“一定要来啊。”她在电话另一头说。

“你们那里又不缺舞伴，”我刺她一句，“或者说，你们真的是养在深闺，与世隔绝？”

“这里的男士不懂得如何照顾一个稍稍喝多了点的女孩。”

我愣得说不出话，她觉察到了，因为我听见细微的笑声。

“来啊，李・安德森，我真的很想见到你。珞也会高兴的……”

“替我吻她，”我说，“告诉她，也替我吻你。”

我更加干劲十足地投入工作中去。我又鼓足了精神。晚上，我去杂货店找那伙人，然后开车带朱迪和姬琪离开。在车里不是特别舒服，但我们找到了一些新的体位。又是一夜好眠。

为了添置个人行头，我第二天去买了一些梳洗必需品还有一个手提箱；一套新的睡衣、一些微不足道但我缺少的小玩意。我不想在这些人的家里被当成叫花子，而我心里也有点数，要怎么做才不会被当成叫花子。

同一星期的周四傍晚，我点好钱、记好账，将近5点半的时候，我看见德克斯特的车子停在书店门前。我过去为他开门，因为我已经关门打烊了，他走了进来。

“好啊，李。”他说，“生意怎么样？”

“不赖，德克斯。学校怎么样？”

“哦！……老样子。我对棒球和冰球没啥兴趣，所以成不了学校里的风云人物，你知道的。”

“什么风把你吹来了？”

“我来找你一起吃晚饭，然后，带你去试试我最喜欢的小小消遣。”

“好的，德克斯。给我5分钟时间。”

“我在车里等你。”

我把账本和现金塞到盒子里，拉上卷帘门，拿上外套，从后门出去。相对于提早来临的冬季，今天的天气又闷又热。空气湿漉漉、黏糊糊，感觉总有东西粘在手指上。

“要带上吉他吗？”我问德克斯。

“不用了。今晚我来负责你的娱乐活动。”

“走吧。”

我坐在他旁边。他的帕卡德和我的纳什简直是云泥之别，但这个男孩不会驾驶。竟然能让好车的引擎在加速时发出爆击声，他还真是有点本事。

“你要带我去哪，德克斯？”

“我们先去斯托克俱乐部吃饭，然后我带你去个地方。”

“你周六会去阿斯奎斯家吧，我是这么猜的。”

“是的。我可以捎上你，如果你愿意的话。”

这样我就不用开我的纳什去阿斯奎斯家了。有了德克斯特的保驾护航，我也敢大胆一试。

“谢谢，我接受。”

“李，你会玩高尔夫吗？”

“我这辈子就玩过一次。”

“你有服装和高尔夫球杆吗？”

“这辈子都没有！你以为我是凯撒[①]家的？”

“阿斯奎斯家有片高尔夫球场。我建议你这么说，就说你的医生禁止你打高尔夫。”

---

① 美国豪门，二战时从德国逃亡至美国，靠石油和天然气业务发家。

“你以为这个理由能够……”我嘟囔着。

“那桥牌呢？”

“哦！这，这还行。”

“还行？”

“还行。”

“好吧，我还是要提个建议，你可以宣称自己手气不好。”

“可是，”我坚持己见，“我会玩……”

“你能一眨眼的工夫输掉500美元吗？”

“这有些困难。”

“好吧，那就听从我的建议吧。”

“今晚的你可真够善解人意的啊，德克斯。”我说，“如果你把我约出来，就是为了让我明白，我在那些人的眼里就是一个穷光蛋，那你可以直截了当地说出来，然后再见不送。”

“你最好谢谢我，李。我给了你一些建议，能让你在这些人面前保住面子，就像你说的那样。”

“我想知道是什么事情让你有了兴致。”

“我就是有兴致。”

他暂时闭上嘴，猛地拉下刹车，停在红灯前。帕卡德在弹簧的作用下缓缓停下，先是往前一冲，又回复原位。

“我看不出原因。”

“我想知道你拿姐妹俩怎么了。”

“所有漂亮的女孩都应该得到贴心照料。”

“你的魔爪已经碰过一打的女孩，她们个个如花似玉，还更容易得手。”

“你前半句话并不完全正确，后半句同样如此。”

他看着我，脑子里不知道在转什么念头。我情愿他好好看着路。

“你出乎我的意料，李。”

“明人不说暗话，”我说，“我觉得她俩都对我的胃口。”

“我知道你好这口。”德克斯说。

我当然不会就此收敛。

“和她俩睡觉，难度并不比和朱迪或者姬琪更大。”我肯定地说。

“李，这就是你想要的？”

“就是这个。”

“那好，你可要小心了。我不知道你对琼做了什么，但我和她通了5分钟的电话，她竟然有办法四次提到你的名字。”

“我很荣幸能留给她这样的印象。”

“她们不是那种睡完之后不用娶回家的女孩。至少我认为不是的。你知道的，李，我认识她们有十年了。”

“好吧，那我是走运了，”我说，“因为我不打算娶她们两个人，我只要和她们睡觉。”

德克斯特没接我的话，他一直看着我。朱迪是不是把那天在姬琪家的情形告诉了他？又或者他其实一无所知？可就算没人告诉他实情，他也能猜得八九不离十。

“下车吧。”他对我说。

我发现车已经停在斯托克俱乐部门前，我下了车。

我在德克斯特前面走进俱乐部，他给了衣帽间的棕发女孩一点小费。一个我熟识的穿制服的男服务生把我们带到预留的桌子边。这家餐馆里的每个人都装出阔佬的样子，于是有了一种戏剧性的效果。我走过去的时候握了握布莱基的手，他是乐队的头儿。现在是鸡尾酒时间，乐队在演奏舞曲。我认得我能看到的大多数客人。但我习惯从舞台上看他们，突然变成了观众，置身于敌人中间，让我有种奇妙的感受。

我们坐定，德克斯点了三份的马提尼。

“李，”他对我说，“我不想再和你谈这事了，但你要小心这两个女孩。”

“我一直小心着呢。”我说，“我不知道你是不是听懂了我的意思。但一般来说，我知道自己在做什么。”

他没回答，两分钟后，他把话题转到了别的地方。如果他愿意放下那滑稽的高高在上的姿态，他说的话还是挺有意思的。

十

我俩酒足饭饱地离开了俱乐部，我不顾德克斯特的反对坐在了驾驶座上。

“我可不希望你因为周六的事儿把我毁容。开车的时候你两个眼睛老是看向别的地方，我每次都觉得快要死了。”

“可你不知道路，李……”

“那又怎样！”我说，“你会帮我指路的。”

“那是另一个城区，你从来都不会去的，解释起来有点复杂。”

“哦！你好烦啊，德克斯。哪条路？”

“好吧，我们要去斯蒂芬街 300 号。”

“往那边？”我用食指大约指了指西城区的方向。

“是的，你知道那儿？”

“我无所不知。”我肯定地说，“发车了，小心。”

这辆帕卡德开起来像天鹅绒一样轻柔。德克斯却不喜欢它，他更喜欢他父母的凯迪拉克；可我的纳什和它一比，那就真的是坨狗屎。

“我们要去的是斯蒂芬街？”

“旁边。”德克斯说。

德克斯的肚子里灌了不少的酒精，可他硬撑着，看上去倒似乎滴酒未沾。

我们来到了这个城市的贫民窟。这里就是斯蒂芬街，可是从200号开始，道路两边变成了廉价的住房，然后是一层楼的木板房，房子越来越破。到300号，这房子竟然还屹立不倒。房子前面停着几辆老爷车，几乎清一色是福特T型车。我把德克斯的车停在他指定的位子上。

“走吧，李，”他说，“我们走上一段。”

他关上车门，我们上路了。他转到一条横向的马路上，又走了100来米。两边有树木，还有破败的围墙。德克斯停了下来，眼前是一幢两层楼的建筑物，二楼是用木板拼搭而成的。所谓的花园就是一堆废墟，围绕在四周的铁栅栏竟然奇迹般的状况良好。他没有通传就走了进去。时间已近晚上，角落里攒动着奇怪的影子。

“来啊，李，”他说，“就是这里。”

“我就在你后面。”

房子前面有一株玫瑰，只有一株，但香味足以掩盖四处堆放的垃圾散发出的臭味。德克斯爬上屋子边上的两级台阶。一个肥胖的黑女人在听到门铃后打开房门。她二话没说转过身去，德克斯跟着进了屋。我在身后关上门。

到了二楼，她让到一边，让我们先走。在一间小房间里面，有一个长沙发、一瓶酒和两个玻璃杯，两个十一二岁的小女孩，其中一个身材丰满、棕红色头发、脸上满是雀斑，还有一个是黑人女孩，年龄似乎大些。

她们老老实实地坐在沙发上，上身是短袖衬衣，下身是很短的裙子。

“这些先生会给你们钱，”黑女人说，“和他们在一起，要乖乖的啊！”

她留下我们，关上了门。我看着德克斯特。

“把衣服脱了，李，”他说，“这里热得很。”

他对着那个棕红色头发的女孩说：

“过来帮帮我，乔。”

“我叫波莉，”小女孩说，“你会给我钱吗？”

“当然。”德克斯说。

他从口袋里掏出一张皱巴巴的10美元，塞到女孩手里。

“来帮我脱裤子。”

我一步也没有动。我看着棕红色头发的女孩站起来，她应该满

12 岁了，极短的裙子包裹住丰满的臀部。我知道德克斯在打量我。

“我要了红头发的。”他对我说。

“你知道的，我们会把这破皮房子弄垮的。”

“是她的肤色让你不舒服了吗？”他冷不丁地问。

这就是他留的后招。他一直注视着我，一缕头发挂在眼睛上。他等着。我想我的脸色没有变过。两个女孩有些吓到了，一动也不敢动……

“来啊，波莉，”德克斯说，“你想来一小杯吗？”

“我想还是不要了，”她说，“不喝酒我也可以为你服务的。”

不出一分钟，他已经脱了精光，把女孩放在腿上，撩起她的短裙。他的脸色阴沉下来，呼吸变得粗重。

“你不会弄疼我吧？”她说。

“老实点，”德克斯特回答道，“否则一个子也没有。”

他的手伸入女孩的两腿之间，后者哭了起来。

“闭嘴！”他说，“要不我就让安娜来教训你……”

他回头看我。我还杵在那儿。

“是她的肤色让你不舒服了吗？”他又重复了一遍问题，“你想要我的？”

“这样就行了。”我说。

我看了看另一个女孩。她在用手撸头发，一副无所谓的样子。

她早就训练有素了。

“来吧。”我对她说。

“你可以上她，李，”德克斯说，“她们是干净的。你能闭上嘴吗？”

波莉止住泪水，只是抽抽搭搭的。

“你的太大了……”她说，“把我弄疼了！……”

“闭嘴，”德克斯说，“我再多给你5美元。”

他像狗一样喘着粗气。然后，他抓住女孩的臀部，开始在椅子上运动起来。

波莉无声地流泪。黑人小女孩看着我。

“把衣服脱了，”我对她说，“到沙发上去。”

我脱下外套，松开皮带。当我进入她身体的时候，她轻轻地叫了一声。她浑身滚烫，如同炼狱。

十一

到了周六下午，我没有见到德克斯特……我决定开着纳什去他家。如果他还准备去，那我就把车子留在他家车库里……否则的话，我就直接上路。

之前的那晚，我让他烂醉如泥。他醉得应该比我估计的厉害，甚至开起了玩笑。小波莉的左胸上留下了一道印记，那个蠢货突发奇想，像个疯狗一样咬了她一口。他以为可以用钱摆平女孩，可安娜适时出现了，并且放下狠话，以后再也不会接待他。他肯定不是第一次来这个夜总会。他不想放走波莉，那女孩的体香让他着迷。安娜为她贴了一块胶布，喂了她一粒安眠药，但她只能把女孩留给德克斯，后者正在津津有味地舔她，喉咙还发出声响。

我能理解他的感受，拿我来说，我也没法下定决心离开那黑人女孩的身体，可我会小心点，不弄伤她，不过她一次都没有抱怨过。她只是闭上眼睛。

因此，我很怀疑德克斯今天能否站着去阿斯奎斯家度周末。我早上醒来的时候也处于一种奇怪的状态中。里卡多应该是看出来了：早上9点，他就给了我一杯三份的僵尸鸡尾酒[①]，我只知道这玩意能让人原地复活。其实，在来巴克顿之前，我是不太喝酒的，我认识到自己的错误了。只要摄取足量的酒精，你就能茅塞顿开，仅此一用。今天早上，它就发挥了作用，我在德克斯家门前停下车，神采奕奕。

他已经在等我了，和我料想的有出入，他刚剃了胡须，穿着一套米色的华达呢衣服，里面的衬衫是灰色和粉色的。

“李，吃过午饭了吗？我不喜欢在半路停下来，所以要垫垫饥。”

这个德克斯特清澈、简单、纯净，就像个孩子。不过这个孩子要比他的实际年龄稍长。是眼睛。

“我想来点火腿和果酱。”我回答道。

仆人为我端上丰盛的午餐。我不喜欢别人的爪子伸进我的食物里面，不过德克斯特早已司空见惯了。

我们吃完饭就上路了。我把行李从纳什搬到帕卡德上，德克斯特坐在副驾驶的位子上。

“你来开，李。这样更好些。”

他仰着头看我，恍惚间又回到了前两天的晚上。德克斯特一路

① 主要成分是朗姆酒。

上心情都不错，和我说了一堆阿斯奎斯夫妇的八卦。这对不折不扣的混蛋是靠一笔丰厚的资金发家的，这倒没什么错，但他们也精通剥削之道，而那些人唯一的错误就是肤色和阿斯奎斯夫妇不一样。他们在牙买加和海地有甘蔗园。德克斯宣称，在他们家能喝到顶级的朗姆酒。

“你知道吗，李，它能完败里卡多的僵尸鸡尾酒。”

“那我要试试了！”我附和道。

我用力扳了一下排挡。

我们一个多小时就开了100多英里，进了普里维尔后，德克斯特为我指路。这个城市的规模要比巴克顿小，但房子看上去更豪华，花园也更大。有些地方就是这样，似乎人人都腰缠万贯。

阿斯奎斯家的铁门开着，我把车开上车库的坡道，这车的引擎在我手里就不会发出爆击声。我把德克斯的“良驹”停在另外两辆车的后面。

“已经有客人来了。”我说。

“不是的，”德克斯特反驳道，“这是她们家的车子。我猜就我们是开车来的。除了我们，还有些当地人。他们会轮流请客，因为一旦待在自己家里，他们就觉得无聊透顶。不过话说回来，他们也不常待在这里。”

“明白了，”我说，“总而言之，无病呻吟。”

他笑着下了车。我们各自取出行李箱，发现琼·阿斯奎斯就和我们面对面地站着。她手握网球拍，穿着一条白色的运动短裤，因为刚打完球，于是套了一件青凫色的毛衣，把她的身材衬托得玲珑有致。

“哦！你们来啦！”她说。

她似乎很高兴见到我们。

“来拿点东西。”

我看着德克斯，他则看着我，我们两人一起点头答应。

“珞在哪里？”德克斯问。

“她先上楼去了，”琼说，“她在换衣服。”

“哦！”我半信半疑地问，“在这里打桥牌还要换套衣服啊？”

琼哈哈大笑。

“我是想说，把运动短裤换了。你们也去换套舒服点的再来找我们。有人会带你们去房间的。”

“我希望你也把运动短裤给换了，”我讽刺道，“你穿着它至少有一小时了吧。”

我的手被网球拍敲了一下。

“我嘛，我不出汗！”琼解释说，“我过了那个年龄了。”

“你输了比赛，我猜？”

“是的！……”

她又笑了。她知道她笑起来的声音很好听。

“那么，我可以斗胆要求和你来一局了，”德克斯说，“当然不是马上，明天早上吧。”

“当然可以。”琼说。

我不知道是不是我弄错了，但琼似乎更希望那人是我。

“好吧，”我说，“我们来两场吧，我和珞打一次，输的人再对打一次。琼，准备好输球吧，这样我们就有机会切磋一下了。”

“好的。”琼说。

“那好，”德克斯发表总结陈词，“既然所有人都会作弊，最后的输家是我喽。”

我们三人放声大笑。德克斯的话并不好笑，可气氛有了些许缓和，这样处理最好不过。接着，德克斯和我跟着琼走向屋子，她把我们交给一个头上戴着浆过的白色软帽、身材瘦长的黑人女仆。

十二

我在房里换了身衣服，下楼见到了德克斯和其他人。另外还有两个男孩和两个女孩，就这些人。琼和其中的一个女孩，还有两个男孩凑成一桌打桥牌。珞也在。德克斯陪着另一个女孩，我不愿打扰他的雅兴，于是打开收音机，放点舞曲听听。我调到斯坦·肯顿的歌，就此罢手。聊胜于无。珞用了新的香水，和上次的比，我更喜欢今天的味道，不过，我要戏弄她一下。

“你换了香水，珞。”

“是的。你不喜欢吗？”

“喜欢，味道很好。但你要知道，这么做是不对的。”

“什么？”

“不应该换香水。真正的贵妇只忠诚于一种香水。”

“你是从哪里听来这些的？”

“所有人都知道。这是从法国传下来的古老规定。”

“我们又不在法国。”

“那你为什么用法国香水？”

“因为它是最好的。”

“当然啦。但是，既然你遵从了一条规定，你就要遵从所有的。”

“告诉我，李·安德森，你是从哪里学来这一套的？”

“这是教养的体现。”我半真半假地开起了玩笑。

“你哪个学校毕业的？”

“从你不知道的学校。”

“什么意思？”

“在回到美国之前，我在英国和爱尔兰求学。”

“那你为什么干现在这份活？你本来可以挣到更多的钱。”

“我挣够用的钱，做我想做的事。”我说。

“你的家人呢？”

“我有两个兄弟。”

“然后呢？”

“最小的弟弟死了，在一次事故当中。”

“另一个呢？”

“另一个还活着。他在纽约。”

“我想认识他。”她说。

在德克斯特和姬琪家表现出来的那份生硬似乎从她身上消失不

见了。她好像也忘记了我那天对她做过的事。

“我还是希望你不要认识他。”我说。

我以为她忘了，可是我错了。

“你的朋友都是怪人。”她突然转换到另一个话题上。

我们一直在跳舞。两首歌之间没有任何的停顿，这让我没法回答她的问题。

“最后问一次，你对琼做了什么？”她说，“她像是换了一个人。”

“我什么都没对她做过，我只是帮她醒酒。解酒的办法众所周知。”

“我不知道你是不是在开玩笑。和你说话，分不清真假。”

“我像水晶一样晶莹剔透！……”我言之凿凿。

这次轮到她不说话了，有几分钟的时间，她只是在跳舞。她的身体在我的怀抱中放松下来，她似乎什么也没有想。

“我希望我也在那里。”她最后说道。

“我也很遗憾，”我说，“这样，你现在就会安心了。”

话一出口，我感到耳根一阵烘热。我想到了琼的胴体。同时占有两人，再同时消灭掉，再把真相一五一十地告诉她们。不可能的……

“我认为，你自己都不相信你自己说出的话。”

“我不知道我该说些什么才能让你相信我是真这么想的。”

她激烈地表示抗议，说我是老学究，指责我说起话来就像是奥地利的精神病医生[①]。事情有点难办了。

“我想说，”我解释道，“你认为我什么时候会说真话？”

“我宁愿你一句话也不要说。”

“什么也不要做？”

我稍稍用力地搂住她。她一定是明白了我的言下之意，于是垂下眼帘。但我不愿松开她。

她又开口了：“那要看你做什么了……”

“你难道会同意我做的一切吗？”

“假如你对所有人都一样，那也就没什么意思了。”

我感觉我正一步步接近目标。火候差不多了，还需努力几下。我想看看是不是真的大功告成了。

“你说话像打哑谜，”我说，“你是指哪件事？”

这次，她不光垂下了眼帘，连头都低了下来。她一下子比我矮了很多。她的头发上别了一大朵白色的康乃馨。

但她回答说：“你很清楚我在说什么。我在说那天晚上在沙发上你对我做的一切。”

“然后呢？”

---

① 指弗洛伊德。

“你对所有遇见的女人都做这事？”

我笑出了声，她拧了我的胳膊。

“别嘲笑我，我不是傻瓜。”

“当然不是。”

“回答我的问题。”

“不是，”我说，“我不会对所有女人都这么做。老实说，只有屈指可数的女人才让我有干的欲望。”

“你在开我玩笑。我看得很清楚，你们那群朋友是怎么相处的……”

“他们不是朋友，是同伴。”

“别挑我的字眼。”她说，“你和你的同伴也干这事？”

“在你看来，会有人想干那样的女孩吗？”

“在我看来……”她嗫嚅道，“有些时候，我们可以和很多人做很多事。”

既然她这么说，我想我应该趁机抱紧她，并且想办法一尝她的酥胸。可为时尚早，她温柔而又坚决地挣脱了我的怀抱。

“那天，你知道的，我喝酒了。”她说。

“我不这么想。”我说。

“哦！……如果我没喝酒，你以为我会由着你胡来吗？”

“是的。”

她又低下头，随后又抬头和我说话：

“你以为我会随随便便地和任何一个人跳舞吗？”

“我是那任何一个人。”

“你很清楚你不是。”

这种精疲力竭的交谈我没碰到过几次。这个女孩像鳗鱼一样，会从你的指尖溜走。她一会儿似乎决心走到底，一会儿又拒人于千里之外。我还是要继续下去。

“我哪里不一样？”

“我不知道。你相貌堂堂，可还有些别的东西。比如说，你的嗓音。”

“那又怎么样？”

“这不是普通的嗓音。”

我真心诚意地笑起来。

“不是的，”她还在坚持，“这个嗓音更加严肃……还有……我不知道该怎么形容……更加平衡。”

“弹吉他、唱歌的都这样。”

“不是的，”她说，“我听过的歌手或者吉他手没一个和你一样。我听到过一些嗓音会让我想起你的，对了……是在那儿……在海地。那些黑人。”

“你这是在恭维我。”我说，“他们是我们能找到的最好的音乐家。”

“别说傻话了！”

“所有的美国音乐都是源自黑人。”我肯定地表示。

“我可不这么想。所有伟大的舞曲乐队都是白人。”

“那是肯定的，因为白人占有更好的资源，可以把黑人的发现加以发挥利用。”

“我觉得你是错的。凡是伟大的作曲家都是白人。”

“艾灵顿公爵[①]，比方说。”

“不是的，我指的是格什温、科恩，所有这些人。”

“所有欧洲的移民，”我附和道，“他们当然是最杰出的吸血鬼。在我看来，格什温的音乐中没有一个片段是有新意的，他只是抄袭、剽窃或者效仿。你有本事从《蓝色狂想曲》里找出一段原创的。”

“你好奇怪，”她说，“我讨厌黑人。”

太好了。我想到汤姆，我差点就要感谢上帝了。但是，我太想得到这个女孩了，我不能在此刻发火。我不需要上帝来成全这件好事。

“你和所有人都一样，”我说，“你们喜欢扬扬自得地吹嘘所有人——除了你们自己——做出的发现。”

---

① 美国黑人作曲家、钢琴家，对爵士乐产生过重大影响。

“我不明白你要说什么。”

“你应该去旅游。”我说，“你要知道，并不仅仅是美国的白人发明了电影、汽车、尼龙丝袜、跑马。爵士乐也不是。”

“我们说说别的事。”珞说，“你书读得太多了，问题就在这里。”

他们继续在另一边的桌上打牌，老实说，如果不让那女孩喝点酒，我什么事也做不成。我要加把劲。

“德克斯和我说起过你家的朗姆酒，”我继续说，“这是一个神话吗？我等凡人也能喝到？”

“你当然能喝到，”珞说，“我早该想到你口渴了。”

我放开她，她向客厅的吧台走去。

“混合的？”她问，“白朗姆和黑朗姆。”

“就混合的吧，最好加点橘子汁。我渴死了。”

“这很容易。”她说。

房间另一头打桥牌的人也对着我们大声嚷嚷：

“哦！珞！……给每个人都来一杯！……”

“好的，”她说，“可你们要自己过来拿。”

那女孩俯身向前的样子我百看不厌。她穿了一件紧身的针织衫，极低的圆领隐约可见微微隆起的乳房，她仍然像我初次见到她时那样把头发拢到一边，只是这次换到了左边。她施了淡妆，技术有待改进。

“你真是个美人坯子。”我说。

她直起身子，手里拿着一瓶朗姆酒。

“别开始……”

“不是开始，是继续。”

“那么，别继续下去了。我和你太快了。这就没啥乐趣了。”

“事情不能拖得太久。”

“能的。美好的事物就应该天荒地老。”

“那你知道什么是美好的事物？”

“是的。比如说，和你说话。”

“乐趣是你的。你是个自私鬼。”

“你这个没教养的。那就是说，我的谈话让你厌烦了！……”

“看着你的时候，我不禁会想，你是个天生的交谈者，如果不能看着你，我就无从和你说话，但我还是想和你说话。所以，这段时间内，我是没法玩桥牌了。”

“你不喜欢桥牌？”

她倒了满满一杯递给我。我接过杯子，一口气喝掉半杯。

“喜欢。”

我指了指杯子。

“我也喜欢你为我调制的酒。”

她脸颊绯红。

“这样的你真是太讨人喜欢了。”

“我向你保证，我的可爱还能体现在很多事上。”

“你就是装腔作势。你长得好，你以为所有女人都想要得到这些。”

“得到什么？”

“肉体的。”

“那些清心寡欲的，”我肯定地说，“从来不会尝试。”

“这不是真的。”

“那你试过了？”

她不作声了，绞动着手指，然后，她下定了决心。

“你对我做的事，就是上次……”

“怎么？”

“一点也不愉快。太……太可怕了！”

“可是……真的不愉快吗？”

“是的……”她的声音很轻。

我不再追问下去，我喝光了杯里的酒。失地已经夺回。老天啊，要让这个女孩上钩可真难；有些品种的鳟鱼也会给你同样的印象。

琼起身过来拿酒杯。

“和珞待在一起不闷吗？”

“你真是太好了！……”她的姐姐说。

“珞是个迷人的女孩，”我说，“我非常喜欢她。我能求你让她嫁给我吗？”

“这辈子都不可能！……”琼说，“我有优先权。”

“那么在这场关系里面，我到底算什么？”珞说，“多余的？”

“你还年轻，”琼说，“你有的是时间。我嘛……”

我在笑，琼看起来没有比她的妹妹大两岁。

“别笑得像个傻瓜似的，”珞说，“难道不是因为她已经年老色衰了？”

很明显，我本来会爱上这两个女孩的。她俩似乎也相处得十分融洽。

“如果你不会随着年岁渐增变得更加糟糕，”我对珞说，“我愿意娶了你们两个。”

“你太坏了，”琼说，“我要回去打桥牌了。待会和我跳舞吧。”

“啊！见鬼，”珞说，“这次的优先权在我手上。回去打你那该死的牌吧。”

我们两个又开始跳舞，不过节目换了，我提议出去逛一圈，活动一下双腿。

“我不知道我是否有兴趣和你独处。”她说。

“你又不会损失什么。说到底，你只要叫两声就行了。”

“就是这样，”她不乐意了，“活脱脱是个傻瓜！……”

“好吧，”我说，“如果你不介意，我想再喝一点。”

我走向吧台，为自己调制了一杯提神的玩意。珞还待在原地。

“你来点吗？”

她摇了摇头，闭上黄色的眼睛。我不再理她，穿过房间去看琼打牌。

“我来把好运带给你。”我说。

“来得正是时候！”

她微微转向我，灿烂一笑。

“我输了 130 美元。你高兴吗？”

“那要看这笔钱在你的财富中所占的确切比例了。”我说。

“我们就玩到这儿吧？”她提议。

另外三人看上去也没有兴致玩其他的游戏，一起起身。至于那个德克斯特，他带着第四个女孩去逛花园已经好长一段时间了。

“就这个？”琼轻蔑地指了指收音机，“我来帮你找点更好的。”

她转动旋钮，调到了一些可以用来跳舞的曲子。一个男孩邀请珞跳舞。另外两个也跳了起来。我先带琼去喝了点东西才开始跳舞。关于她，我知道她需要什么。

十三

那次长谈之后，一直到我和德克斯上楼睡觉，我都没和珞说过话。我们的房间在二楼，和女孩的卧室在同一侧。她俩父母的房间在另一侧。其他人都回自己家了。我说过姐妹花的父母住在另一侧，但现在他们并不在家，可能是去了纽约或者海地，或者差不多的地方。卧室的顺序依次是我的、德克斯特的、琼的和珞的。我房间的位置不利于搞突袭。

我脱掉衣服，舒舒服服地洗了个澡，用丝瓜巾用力地搓洗身体。我隐约能听到德克斯特在隔壁房间里的动静。他出去过，5分钟后又进了屋子，还传来倒酒的声音。他准是溜出去给自己搞了一次补给，我觉得这个主意真不错。我轻轻敲了敲他的卧室和我的浴室共用的一扇门。他立刻走了过来。

“哦！德克斯，”我隔着门说，“是我做梦，还是我真的听到了酒瓶的声音？”

“我给你一瓶，”德克斯说，“我拿了两瓶上来。”

是朗姆酒。在这个时间点上，朗姆酒是绝佳的选择，无论你是想睡个好觉还是想保持清醒。我要熬夜，而德克斯没过多久我就听见他上床睡觉去了。我们俩算是分道扬镳了。

我等了半个小时，悄悄溜出房间，身上只有一条短裤和一件睡衣。我受不了睡裤，在我这里完全行不通。

走廊光线昏暗，但我知道我要去哪里。我无所顾忌地往前走，因为即使来一场棒球赛，走廊上的地毯也可以吸走所有的声音。我轻轻敲响了珞的房门。

我听见她向房门走来。我能感受到她的脚步，然后，钥匙插入门锁、旋转。我潜入她的卧室，迅速锁上上过漆的房门。

珞的白色睡衣妩媚动人，令人想起巴尔加斯[①]笔下的女孩。睡衣之下一览无余，蕾丝的胸罩和同款的短裤。

“我过来看看你是否还在生我的气。”我说。

“别待在这里。”她提出抗议。

“那你干吗给我开门？你以为是谁？”

“我，我不知道！大概是苏茜吧……”

“苏茜睡觉去了。其他的仆人也是。你心知肚明。”

① 阿尔贝托·巴尔加斯（1896—1982），秘鲁插画家，后移居美国，长期为《花花公子》杂志画海报女郎。

“你要干吗？”

“干这个。”

我横空抱起珞，用力亲吻她。我不知道我的左手在干吗。但是珞在反抗，我的耳朵被揍了一拳，这是我活到现在挨的最享受的一拳。我放开她。

“你好野蛮。”她说。

她蓬松的秀发沿着中间的头路自然地垂在两边，真是秀色可餐。可我要保持冷静，朗姆酒帮了我一把。

“你的动静太大了，”我反唇相讥，“琼一定会听见的。”

“我们两间房当中隔了浴室。”

“这就好。”

我故技重施，撩开她的睡衣。在她重又对我拳打脚踢之前，我成功拉下她的短裤。我抓住她的手腕，扭到身后，我一只右手就能轻轻松松地握住她的两只手。她的抗争无声无息，却怒气冲天，她想用膝盖顶我，我的左手搭上她的腰，让她的身体紧紧贴住我。她还想隔着睡衣咬人。可我腾不出手来脱掉我的短裤。我突然松手，把她推到床上。

“说到底，”我说，“你到现在都是靠自己解决的吧。为了这点屁事，我还劳师动众的，真是蠢得厉害。”

她快要哭出来了，可眼里闪着怒光。她并不打算穿上衣服，我因此能一饱眼福。她的阴毛黝黑浓密，闪闪发光，就像是卷羊毛。

我转过身，朝房门走去。

“晚安，”我说，“抱歉有点扯坏了你的睡衣。我不敢冒昧提议你换了它，但我等着你的账单。”

我做不到更加粗鲁，尽管我有这方面的天赋。她一句话也没说，我瞥见她攥紧拳头，咬紧嘴唇。她猝然转身，我耽搁了一秒，为的是从这个角度欣赏珞。遗憾是实实在在的。离开时，我五味杂陈。

我毫不犹豫地推开了隔壁的房门，那是琼的房间。门没锁。我沉步走向浴室，插上镀镍的插销。

接着，我脱掉睡衣，扒下短裤。卧室笼罩在柔和的光线中，橘色的帷幔使得气氛更加温柔。琼，一丝不挂，正趴在床上修指甲。她转头看我进了屋子，目光随着我锁上每个房门。

“你胆儿真大啊。”她说。

“那是，”我说，“那你呢，你在等我。”

她笑了，在床上翻了个身。我在她身边坐下，用手抚摸她的大腿。她就像个10岁大的孩子，毫无羞耻观。她坐起来，抚弄我的肱二头肌。

“你好壮。”

“我像新生的羊羔一样脆弱。”

她挑逗我，亲吻我，可我看见她往后退去，用手抹嘴巴。

“你是从珞那边过来的。你身上有她的香水味。”

我忘了珞还有这个该死的嗜好。琼的嗓音在颤抖，她刻意避开我的视线。我抓住她的肩膀。

“你不可理喻。”

“你身上有她的香水味。你自己闻啊！……”

“我要向你道歉，”我说，“我刚刚碰过她。”

我猜珞还几乎赤条条地站在房间正中央，这个想法让我兴奋不已。琼注意到了，脸涨得通红。

“你介意吗？”我问。

“不介意。”她的声音轻轻的，“我能摸你吗？”

我在她身边躺下，也让她躺下来。她的手游走过我的全身，带着一份腼腆。

“你太强壮了。”她轻声说。

我们面对面地躺着。我温柔地推开她，让她翻个身，背对我，之后我又挨上去。她微微分开双腿，为我敞开了一条路。

“你会把我弄疼的。”

“肯定不会。”我说。

我只是让手指游走在她的酥胸上，由下而上至乳尖。我能感到她的颤抖。她的臀部浑圆、滚烫，紧贴在我的大腿上方，她的呼吸变得急促。

“你要我把灯关了吗？”我呢喃道。

“不用，”琼说，“我喜欢这样。”

我的左手离开她的身体，拨开她右耳上的头发。很多人不知道，和女人做爱时可以亲吻或者轻咬她的耳朵，这个技巧屡试不爽。琼像鳗鱼一样扭动起来。

“别这样。”

我立刻停下动作，可她又抓住我的手腕，力气大得惊人。

“继续。”

我又开始了，亲吻的时间更长，我感到她的身体猛地绷紧，遂又放松，头颅后仰。我的手滑过她的小腹，我明白她有了点感觉。我的吻有如蜻蜓点水一路掠过她的脖颈，渐渐转向喉咙，她的皮肤也渐渐绷紧。我掏出欲望，小心地进入她的身体，过程很顺利，我甚至怀疑在我有所动作之前，她是否已经意识到了这点。这是前戏。可她腰部轻轻一挺便脱离了我的掌控。

“我让你不舒服了？”我说。

“我还需要你的爱抚，还需要，整个晚上。”

“我正想这么干呢。”我说。

我又一次占有了她，这次是来粗的。不过没等她心满意足，我就退出了她的身体。

“你要把我逼疯了……”她低声埋怨。

她转了个身子，趴在床上，脑袋藏在两臂间。我吻她的细腰、她的臀部，屈膝跪在她身上。

“把腿分开。”我说。

她稍稍分开了两条玉腿，什么也没说。我的手伸入大腿缝，长驱直入，可这次搞错了方向。她的身体又绷紧了，我仍在坚持。

“我不要。”她说。

“跪起来。”我说。

“我不要。”

然后，她弯下腰，提起膝盖，脑袋还是埋在双臂下，慢慢地，我终于抵达了我的终点。她一声不吭，可我能感受到她的小腹在上下颤动，呼吸也开始急促。我倒向一边，并没有离开她的身体，我顺势把她搂住，我想看清她的脸，泪珠从紧闭的双目中滚落，她让我待在里面。

十四

凌晨5点，我回到自己的房间。在我离开琼的身体后，她一动也没有动过，她是真的精疲力竭了。我的膝盖有些哆嗦，可我在早上10点还是下了床。我猜德克斯的朗姆酒帮了我不少忙。我冲了个凉水澡，问他要不要和我来上几拳。他像个聋子似的把门敲得砰砰响，这倒让我清醒过来。我惦记起琼的情况。德克斯他灌了太多的朗姆酒，两米之外都能听见他可怕的呼吸声。我建议他喝下3升牛奶，再去高尔夫球场上逛一圈。可他想着去网球场找琼，殊不知她根本没起床呢。我下楼吃早饭。珞孤零零地坐在桌子边，她穿了一条迷你百褶裙，浅色的丝衬衫外面罩了一件麂皮外套。说真心话，我想得到这个女孩。不过，在那个早晨，我表现得更加沉着冷静。我向她问好。

“早上好。”

她的声音冷冰冰的。不对，确切地说，是凄凉。

“你在生我的气？我为昨晚的事向你道歉。”

“我猜你是无能为力的，”她说，“你天生就这样。”

“不是的。我是后天变成这样的。”

“你的故事我没兴趣听。”

“你还没到那个年纪，以后会对我的故事感兴趣的……”

“你刚才对我说过的话，我会让你后悔的，李。”

“我倒要看看了。”

“别再说这些了。你愿意和我来一场单打吗？”

“乐意之极，”我说，“我需要放松一下。”

她不禁莞尔一笑，一等早饭吃完，我就跟她去了网球场。这个姑娘没法一直生气。

我们一直打到中午。我的双腿失去了知觉，两眼看出去灰蒙蒙的一片，就在这时，琼和德克斯分别从两边走了进来。他们的情况和我一样糟糕。

“好啊！”我对琼说，“你看上去神采奕奕。”

“你没见过你现在的样子吧。”她回答。

“这都是珞的错。”我信誓旦旦。

“这也是我的错？那么老德克斯为什么也一脸的萎靡不振？”珞不乐意了，“你们喝了太多的朗姆酒，就是这样。哦！德克斯！隔着5米都能闻到你的酒气！”

“李说是两米。”德克斯特强烈抗议。

“我说过吗我？”

“珞，”德克斯说，“和我打一局吧。”

“不对吧，”珞说，“你应该和琼打。”

“没门！”琼说，“李，趁着午饭前的空当，带我去兜兜风吧。”

“可在这里什么时候能够吃上午饭？”德克斯不满地表示。

“没有规定。”琼说。

她的手臂穿过我的，把我带向车库。

“我们开德克斯的车？”我说，“他的车停在最外面，开起来比较方便。”

她不置可否，更加用力地搂住我的胳膊，紧紧靠住我。我努力说些无关紧要的废话，她一如既往地沉默。她松开我的手臂，上了车，可一等我坐定，她又贴了上来，贴得要多紧就有多紧，就差不让我开车了。我把车倒了出来，开上小道。铁门开着，我选择右转。我不知道我们会开到哪里去。

“怎么出城？”我问琼。

“随便啦。”她嗫嚅道。

我透过后视镜观察她，她双眼紧闭。

“我说，”我不依不饶，“你睡得太多，睡糊涂了吧。”

她像个疯子一样直起身子，双手捧住我的脑袋，想要吻我。出于谨慎，我拉下刹车，琼的举动严重干扰了我的视野。

“吻我，李。”

“等等，至少等我们出了城。”

“那些人有什么关系。他们所有人都可以知道。”

“那你的名声呢？”

“你可从来不担心这事的。吻我。”

那个吻持续了5分钟，可我不能一直这么干。和她上床，把她来来回回翻个几遍，没问题。可亲吻，不行。我要抽身而出。

“乖点。”

“吻我，李。求你了。”

我再次加大马力，遇上第一条街就右转，然后左转；我想把车开得左摇右晃，这样她就会放开我，转而去找个东西拉住；可要拿帕卡德这么干，根本不可能，车子纹丝不动。她又趁机搂住我的脖子。

“我敢肯定，这里的人会说你的闲言碎语了。”

“我倒希望闲言碎语更多些。人们会怒不可遏的，等到……”

“等到什么？”

“等到得知我们的婚讯。”

老天啊，这小妞在想什么啊！她的反应就好像小猫抓住了一根稻草，小狗找到了一只死蛤蟆，它们这辈子是不肯再松手了。

“我们要结婚？”

她低下头，亲吻我的右手。

“当然。”

“什么时候？”

“现在。”

“礼拜天不行。”

“为什么？”她说。

“不行。这多蠢。你父母不会同意的。”

“我不在乎。”

“我没钱。”

“两个人够用就行。”

“勉勉强强就够我一人的。”我说。

“我爸妈会给我的。”

“我可不这么想。你的父母又不认识我。你也是，你也根本不了解我。”

她的脸红了，把头埋在我的肩上。

“不，我了解你，”她低语道，“我可以凭着记忆描摹出你的每分每寸。”

我想试探一下底线，于是说：

“很多女人都能做到这点。”

我的话，她置若罔闻。

“我不在乎。她们再也没有机会了。”

“可是你对我一无所知。”

“我过去对你一无所知。”

她哼唱起艾灵顿公爵的同名歌曲。

“你现在还是一无所知。”我再次强调。

“那你告诉我啊。”她不再哼歌了。

“说到底，”我说，“我想不出该如何阻止你嫁给我。除非我溜之大吉，可我不想溜走。”

我没加上那句“在我得到珞之前”，但言下之意就是这个了。琼就像现金，我可以把她攥在手心里。和珞的那档子事，我要加快速度了。琼把脑袋搁在我的膝盖上，身子平躺在座椅上。

“告诉我，求你了，李。”

“好吧。”我说。

我告诉她我出生在加利福尼亚的一个地方，父亲是瑞典裔，所以我才会继承到一头金发。我有过艰难的童年，因为父母太穷了，9岁时正好赶上经济大萧条最严重的时候，为了糊口我学会了弹吉他。等我长到14岁，恰好碰到一个对我感兴趣的家伙，他愿意带我去欧洲、去英国、去爱尔兰，我就在那里待了十多年。

所有这些全是胡扯。我是在欧洲待过十年，但不是在这种情况下，我所学到的一切，我只感谢一个人——我自己，还有我作为仆人工作的那家人的书房。我是不会告诉琼：当他知道我是黑人后对待我的态度，那人的男友不来看他时他对我做过的事，还有我是如何离开他的，我对他“照顾有加”，让他签了一张支票用于支付我的回程旅费。

我还编造了一堆关于我哥汤姆的谎话，还有小弟的，说他是在一次意外事故中丧生，据说是黑人下的手，这群人阴险狡诈，只配生生世世当仆人。一扯上有色人种，琼就不自在了。于是，我又把话题绕回来，说起我们卖了父母的房子，汤姆去了纽约，小弟长眠在 6 英尺下，我找了份工作，能找到书店的工作还多亏汤姆的朋友，这倒是真的。

她认真地听我说话，就好像我是一名传教士，末了，我又加了句。我告诉她，我认为她的父母是不会同意我们的婚事的，因为她还不到 20 岁。她其实刚过 20，已经能够脱离父母的掌控了。可我挣不到钱。她欣赏我自食其力、老实赚钱，她的父母一定会喜欢我的，到时就会在海地或者其他地方的种植园为我筹谋一份收入更加可观的工作。说话的当口，我一直在找路，终于驶上了我和德克斯来时开过的马路。目前的我还想继续工作，她可以在平时来看我。我们设法溜去美国南部，找个无人打搅的地方待上几天，回来的时候就已经是夫妻了，生米煮成熟饭。

我问她会不会把这些事告诉珞，她说会的，但不会提起我们俩做过的事。一说到这，她又兴奋起来。幸好我们到家了。

十五

下午的日子过得浑浑噩噩。天气没昨天好，这才是秋天该有的天气。我避免和琼、珞的朋友打桥牌，我还记着德克斯的忠告。把好不容易攒起来的几百美元一下子挥霍掉，还不到时候。事实上，这些家伙根本不在乎自己多了或少了五六百美元。他们要挥霍的是时间。

琼不时地看我一眼，我趁着有次两人面对面的机会提醒她注意点。我仍然和珞跳舞，可她对我充满戒备。我没法找到一个有趣的话题和她搭讪。昨晚的事我已经抛到九霄云外，每每瞥见她的酥胸，我就兴奋难耐，而珞跳舞的时候也任由我上下其手。和昨天一样，她们的朋友并没有留到很晚，屋子里就剩下我们四个人。琼困得要命，却还是欲求不满，我费了九牛二虎之力才说服她耐心等待，还好疲倦起了作用。德克斯继续泡在朗姆酒里。我们 10 点的时候上楼睡觉，我又立刻折回楼下去拿本书。我不想和琼再来一次，可要立马倒头就睡也没这么困。

走进卧室的那刻，我看见珞坐在床头。她穿着昨晚那套睡衣，不过短裤是新的。我没碰她。我锁上房门和浴室门，躺到床上，就当根本没这人的存在。在我脱衣服的时候，我听见了她急促的呼吸声。

“你今晚不困吗，珞？我能为你做什么？”

“我就知道你今晚不会去琼那里的。”她说。

“你凭什么以为我昨晚是在琼那里？”

“我听见了。”她说。

“你让我大吃一惊啊……我可没弄出任何声响。”我揶揄起来。

“你为什么把两扇门都锁了？”

“我喜欢锁门睡觉，”我说，“我受不了一觉醒来身边随便躺了个谁。”

她从头到脚洒了香水，几公里之外都能闻见，妆容无可挑剔。她的发型和昨晚一样，中间的头路把头发分成两边，事实上，我现在只要一伸手就能摘下这枚成熟的橘子，但我还有些小账要和她清算。

“你昨天在琼的房间里。”她的语气是肯定的。

“这么说吧，是你先把我轰出门的，”我说，“我记得的就这些。”

“我不喜欢你的方式。”她说。

“我认为昨晚的我十分之正确，”我说，“衣冠不整地出现在你面前，是我不对，可话说回来，我很肯定你都没正眼瞧我。”

“你对琼做了什么？”她咬着我不放。

“听着，”我说，“我的话会让你大吃一惊，但我别无选择。我希望你了解一切。那天，我吻了她，然后，她就对我穷追不舍。”

“什么时候？”

“在姬琪家帮她解酒的时候。”

“我就知道。”

“她几乎是对我硬来的。你知道的，我也有点醉了。”

“你真的吻了她？……”

“什么？”

“就像对我那样……”她的声音几不可闻。

“不是的，”我断然否定，语气坦诚得连我自己都十分满意。“你的姐姐难缠得很，珞。我要的是你，我吻琼就像……就像是在吻我的母亲，而她就把持不住了。我不知道如何摆脱她，我怕是做不到了。她一定会对你说我们就快成婚了。她今早在德克斯的车里突然有了这个念头。她是漂亮，可我对她没兴趣。我觉得她有点疯疯癫癫的。”

“在我之前你就吻了她。”

“是她吻了我。你明白的，当一个人喝醉酒的时候，总会对照顾他的人心生感激……”

“你后悔吗？”

“不后悔。”我说，“我只后悔一件事，那天醉的不是你，而是她。”

她没有动，两眼直视前方，但刚刚说的话应该在她心里有了点分量。

“我不能吻你，”我说，“吻琼，那是小事一桩，可吻你，我会生病的。我不会碰你，直到……”

我没把话说完，我气馁地低吼一声，转到床的另一边。

“直到什么？”珞问。

她微微转身，一手搭在我的胳膊上。

“愚蠢，”我说，“这是不可能的……”

“说啊……”

“我想说……直到我俩成婚，珞，你和我。可你太小了，而我也永远摆脱不了琼，她不会让我们两个清静的。”

“你认真想过？”

“想过什么？”

“娶我？”

“我没法认真地去考虑一件不可能的事，”我说，“至于欲望，我向你保证，我的欲望是认真的。”

她站起来。我仍然在床的另一边。她没出声，我也沉默着，我感到她躺在了床上。

隔了半晌，她说："李。"

我的心跳得飞快，甚至连床都有了点共振。我转过身。她脱去了睡衣和内衣，闭目平躺在床上。我想，霍华德·休斯[①]对着她的胸脯就能拍出一打的电影来。我没有碰她。

"我不能和你干这事。"我说，"和琼的勾当让我恶心。在认识我之前，你们姐妹俩处得很好。我不想用任何方法离间你们的感情。"

除了干她干到发疯，干到完全听凭本能反应，我不知道我还有什么别的念头。可我还是把持住了自己。

"琼爱慕你，"珞说，"人人都看得出。"

"我无能为力。"

她光滑而又纤细，犹如一叶草，扑鼻的芳香就像是整家香水店。我坐下，俯向她的双腿，我吻过她的大腿内侧，那里的肌肤柔如羽毛。她并拢双腿，旋即打开，我又吻向大腿上方。她私处的毛发打着卷，闪着光泽，掠过我的脸颊，我开始舔她，轻轻地，柔柔地。在舌头的逗弄下，她的私处滚烫、湿润、坚挺，我本想啮咬，可还是直起了身子。她跳着坐了起来，抱住我的头，拉回到原位。

① 霍华德·休斯（1905—1976），美国著名的电影导演，也是当时世界上最富有的人之一，和诸多好莱坞女星，如凯瑟琳·赫本、贝蒂·戴维斯等都有过交往。

我半推半就。

“我不愿意，”我说，“我不愿意，我和琼的事还没了结干净。我不能同时娶了你们俩。”

我撕咬起她的乳尖。她一直捧着我的脑袋，双眼紧闭。

“琼要我娶她，”我继续说，“为什么？我不知道。但如果我拒绝了，她一定会想方设法阻止我们两人见面的。”

她没吭声，在我的爱抚下弓起身子。我的右手来来回回地扫过她的大腿，每次精确的触碰都会让珞打开双腿。

“我只想到一个解决办法，”我说，“我可以娶琼，而你和我们一起走，我们总会找到办法见面的。”

“我不要。”珞似在呢喃。

她的声音变幻不定，似乎是我奏响了每个音节，就像是在演奏乐器。每一次的触碰都会让她的声音百转千回。

“我不要你干她……”

“没人能逼我干她。”我说。

“哦！干我，”珞说，“干我，马上！”

我抬起手，迎向她的胴体，一次又一次地激起她的欲望。我的头滑向她的双腿，我把她翻了个身，背朝我，我举起她的一条腿，把脸埋在双臀间。我的唇咬上她的私处，她突然绷紧又马上松懈下来。我吮吸了一会儿后就退了出来。她俯卧在床上。

“珞，”我低声说，“我不能干你。在我们没法得到安宁之前，我不能干你。我会娶琼，然后我们就远走高飞。你会帮我的。”

她一个激灵翻过来，带着一丝愤怒吻上我的唇。两人的牙齿相互碰撞，我的手也没闲着，抚过她的细腰。之后，我搂住她的腰，帮她站起来。

“回去睡觉，”我对她说，“我们说了一堆的蠢话了。现在乖乖回去睡觉。”

我也站起来，吻她的眼睛。幸好我睡衣下面还穿着短裤，我的尊严才得以保住。

我为她穿上胸罩和短裤，用我的毛巾擦干她的臀部，最后帮她套上那件透明的睡衣。她听之任之，一句话也没说，她的身体在我的手中是柔软的、温暖的。

“小姑娘，睡觉觉，”我对她说，“我明早要走。早饭的时候你要出现，我想见到你。”

接着，我把她推出门外，重又锁上门。两个女孩已经被我玩弄于股掌中。我内心雀跃不已，长眠在地下两米的小弟大概也翻了个身，我兑现了我的承诺。我好像真的能握住他的手。

十六

几天后，我收到汤姆的来信。信中没什么要紧事。我的理解是，他在哈莱姆区的一所学校找到了一份没多大前途的差使，他向我引述《圣经》，并给了我出处，汤姆大概以为我并不知道那些故事。这应该是《约伯记》中的一段，内容是这样的：“我把我的肉挂在牙上，将我的命放在手中。”照汤姆的说法，约伯这家伙大概是想让人知道他要玩命一搏或者置之死地而后生，我觉得这是小题大做了。由此看来，汤姆这人还是没变。他是个好人，无论怎么说。我回信告诉他一切都好，并在信里放了一张50美元的钞票，我估计这个可怜的老家伙还没能解决温饱问题。

至于其他的，就没什么新鲜事了。除了书还是书。我收到了圣诞节的画册清单，还有一些并不是从总公司寄来的单子。有人出于自己的目的在做市场调查，可我的合同明令禁止我玩这种小把戏，我自然不愿去冒险。有时候碰上卖色情刊物的，我会开门逐客，但我绝不会和他们来硬的。那些人通常是黑人或者是黑人和白人的混血儿，我知道那些人前途渺茫，生活无望。一般情况下，我会买下一两本，丢给朱迪那伙人，朱迪尤其喜欢这类玩意。

他们仍在杂货店见面，也会过来看我，而我，时不时地玩上两个姑娘，通常是两天一次。与其说她们放荡，不如说她们傻。除了朱迪。

琼和珞在周末来临之前应该都待在巴克顿。两次约会分开进行；我接到琼的电话，可珞没有。琼邀请我下个周末再去她家，我推说不能。我可不想当个棋子，任由这个姑娘摆布。她感觉不好，希望我过去，但我告诉她我还有工作拖着没干完。她答应周一过来，5 点左右，这样我们就有时间说说话了。

一直到周一，我没干什么特别的事。周六晚上，我又替斯托克俱乐部的吉他手顶了次班，这为我带来 15 美元的报酬还有免费的酒水。俱乐部里面的人小费给得不少。我一人在家的时候会看看书，练练吉他。我不太碰踢踏舞了，即使没有踢踏舞，我也能轻而易举地战胜那些男孩。等我解决了阿斯奎斯姐妹俩，说不定我会重新把它拾起来。我还为小弟的小手枪弄到一些弹药，我买了各种麻醉剂。我把车送到车行检修，可那家伙在我的车上安了些不对劲的玩意。

这段时间没有德克斯的消息。我曾在周六早晨试着去找他，可他出门了，没人告诉我他去了哪里。我猜他回来后又去老安娜那里玩过十多岁的女孩，因为其他人也不知道他整个星期的行踪。

周一，4 点 20 分，琼的车停在了书店门前；别人的想法，她是相当的嗤之以鼻。她下车走进店里，店里没有顾客。她走近我，给了我一个最棒的吻，我让她坐下。我存心没有拉下卷帘门，就是为了让她明白，我并不赞成她早到。她脸色不好，尽管化过妆，眼睛下面还是有黑眼圈。和平时一样，她身上穿的是最昂贵的衣服，而那顶帽子应该不是在梅西百货公司买的，这顶帽子让她看上去有些老气。

“旅途顺利？”我问。

“近得很，”她说，“我还以为要更远些呢。”

“你来早了。”我留心着她的一举一动。

她看了看镶满钻石的手表。

“没早多少！……现在是 4 点 35 分。”

“4 点 29 分。”我反驳道，“你早得太多了。”

“你不高兴？”

她温存的表情让我看得恼火。

“当然。除了高兴，我还有其他事要干。”

“李，”她嗫嚅道，“温柔点！”

“等我把活干完了，我就会温柔的。”

“温柔点，李，”她又把话重复了一遍，“我就要……我……”

她欲言又止。我明白了，不过我要她说清楚。

“什么意思？”我说。

“我有孩子了，李。”

“你，”我手指着她说，“你和别的男人不检点啊。”

她笑了，可神情仍然绷着。

“李，你要尽快娶我，否则的话，就会爆出难堪的丑闻了。”

“不会的，”我安慰她，“这种事天天都有。”

我现在换了个高兴的语气，万事俱备之前，千万不能让她溜走。在这种情况下，女人通常是紧张的。我靠近她，抚摸她的肩膀。

“别动，”我说，“我去把店关了，我们能够清静些。”

有了孩子，摆脱她就更容易了。现在的她有了绝佳的自杀理由。我走向店门，按下左边操控卷帘门的开关。卷帘门徐徐降下，除了齿轮在润滑油的作用下发出的摩擦声，再没有其他的声音。

我转过身，琼已经摘下那顶帽子，她轻轻拍散头发，让它恢复弹性。这样的她更好看些，地道的美人坯子。

“我们什么时候走？”她突然发话，“你要尽快带我走。”

“我们周末就能走了，”我说，“东西已经准备妥当，可我还需要在那里重新找份工作。”

“我会带钱的。”

我当然不愿靠别人养活，更何况那个女孩还是我想要干掉的。

“这对我没任何差别，”我说，“我绝不会花你的钱。我希望一次把话说个明白，省得以后麻烦。”

她没说话。她在椅子上忸怩作态，有话想说又不敢说。

“说吧，”我替她鼓劲，“有话就直说。你还干了什么没告诉我的？”

“我写了封信，”她说，“我在广告栏里看到一个地址，他们说那地方地处偏远，适合喜爱孤独的人以及希望安安静静度蜜月的人。”

“假如所有爱清静的人都跑到那里去，”我发起牢骚来，“那里可要人满为患啦！……”

她笑了，看上去如释重负，这个女孩藏不了什么心思。

“他们回我的信了，”她说，“我们晚上可以住在一栋小屋里，用餐是在旅馆解决。”

“更好的做法是，”我说，“你先走，我随后和你会合，这样我就有时间扫尾了。”

“我想和你一起走。”

“这不可能。你回家后不要露出马脚，等到临走才收拾行李。不用带很多东西。还有，不要留信说出你的去向。你的父母没必要知道。”

“你什么时候来？”

“下周一。我周日晚上出发。”

如果我周日晚上离开，没人会留意到我。还剩下珞。

“就这么说定了，”我继续说，“我猜你把这事告诉你妹妹了吧。”

“还没。”

“她会起疑心的。不管怎么样，你还是和她说声比较好。她可以做你的内应。你们俩感情不错，是吗？”

“是的。”

“那么，告诉她，不过要等到你走的那天，留下地址，但要等你走后才让她找得到。”

“我该怎么做？”

“你把地址放在信封里，等你离家两三百英里之后才把信投到邮局里。你也可以把信封留在抽屉里。有的是办法。”

“我不喜欢这些麻烦事。哦！李！我们就不能简简单单地走了，就我们两个，然后告诉全天下的人我们想要安静的生活？”

“这不可能。”我说，“于你，可行。但我，我没钱。”

“我不在乎。”

“看一看镜子中的你。”我说，“你不在乎，那是因为你有钱。”

“我不敢告诉珞。她才 15 岁。”

我笑了。

“你以为她是襁褓中的婴儿？你要知道，一个家里如果有好几个女孩，最小的女儿掌握的东西几乎和最大的同步。要是你还有个10岁的妹妹，她知道的会和珞一样多。”

“可珞只是个小女孩。”

“那是，只要看看她的穿衣打扮就知道了。她用的香水同样表明了她的天真无知。必须告诉珞。我再重复一遍，你们家需要有个人做内应，在你和你父母之间通风报信。”

“我情愿没人知道。”

我冷笑，用尽所有的恶毒。

“你不是自命不凡吗？嗯？”

她的嘴开始颤抖，我猜她要哭了。她站起来。

“为什么要对我恶语相向？伤害我能让你高兴吗？如果我什么都不想说，那是因为我害怕……”

“害怕什么？”

“害怕你在我们俩结婚前就离开我。”

我耸耸肩。

“如果我想离开，你以为婚姻能够阻止得了我吗？”

“假如我们有了孩子，会的。”

“假如我们有了孩子，我的确没法离婚，这是当然的；可并不能阻止我离开，只要我愿意……”

这次，她哭了。她跌坐在椅子上，微微垂下头，眼泪滚落在圆润的脸颊上。我意识到我有点操之过急了，我靠近她。我把手放在她的脖子上，抚摸她的后颈。

“哦，李！”她说，“我和你想的完全不一样。我以为，如果你能完完全全地拥有我，你会感到幸福的。”

我说了些傻话应付她，她开始呕吐。我手边没有趁手的东西，连块餐巾也没有，我跑到商店后面的小房间，找来清洁大婶擦商店用的抹布。我猜是孩子让她不舒服了。当她不再打嗝，我用她的手帕给她擦了擦脸。她含着泪水的眼睛闪闪发亮，就像洗过了一样，她在深呼吸。她的鞋子脏了，我拿张纸擦了下。呕吐的气味让我不舒服，但我还是俯身吻了她。她紧紧地搂住我，嘴里断断续续地说着什么。碰上这个女孩是我不走运。状况不断，不是喝得太多，就是干得太多。

“快走，”我说，“回家去。照顾好自己，周四晚上理好箱子，然后走人。我下周一找你会合。我会先把工作辞了。”

听我这么说，她又恢复了活力，露出将信将疑的微笑。

“李……这是真的？”

“当然。”

“哦！李，我爱你……你知道的，我们会非常幸福的。”

她的确没有心存怨恨。常理来说，女孩是不太容易妥协的。我让她站好，隔着连衣裙抚摸她的乳房。她绷紧的身子向后仰去。她想让我继续。我嘛，我更想为书店通通风，可她缠着我，还在解我的纽扣。我撩起她的裙子，把她放在长桌上，平时顾客会把翻过的书留在那里；她闭上眼睛，了无生气。当我感到她放松下来后，我又继续我的动作直到她呻吟连连，我射在了她的裙子上，她直起身子，手捂住嘴巴，她又吐了。

之后，我扶她站起来，为她扣好大衣。我们是从书店后门出去的，我把她送到轿车旁，把她安顿在驾驶座上。她似乎就快晕过去了，可仍有力气把我的下唇咬出血来。我没有不耐烦地避开，我看着她走远。我想这车认得路，幸好是这样。

然后，我回到家，洗了个澡，身上有股味儿。

十七

直到现在，我都没有仔细想过杀掉两个女孩会把我卷入怎样的复杂局面中去。此时此刻，我想要放弃计划，撒手不管，继续卖我的书，不再过提心吊胆的日子。但我必须做，为了小弟，为了汤姆，也为了我自己。我认识一些和我近况相似的家伙，他们忘记了自己的血统，无条件地站到了白人一边，当时机出现，他们会毫不犹豫地殴打黑人。这些人，杀他们的时候也会有快感的吧。但事情要一件一件做。首先是阿斯奎斯家的姐妹花。我有很多机会可以干掉别人：那些我见过的人，朱迪、姬琪、比尔和贝蒂，但没意思。他们没啥代表性。阿斯奎斯家的姐妹花是我的试金石。我之后想到，如果这次能顺利逃脱，下次就干票大的。不用参议员，但可以是类似的角色。我费了好大的劲才平静下来。我首先要想一想等那两个姑娘死了之后，我要如何脱身。

最好是把谋杀伪装成交通事故。人们会奇怪两个姑娘家跑到边境上来做什么，可一旦尸体解剖发现琼已怀有身孕，就没有人会有疑问了。珞只是陪姐姐同行。而我，我可以置身事外。等尘埃落定之后，我可以把一切告诉她们的父母。他们会知道他们的女儿是被一个黑人上了。到那时候，我只要换个地方待段时间，重新开始我的生活。愚蠢的计划，但偏偏越是愚蠢的计划成功率越高。我敢肯定，等我们到达后不出一个礼拜，珞也会跟着来的，我是吃定这个姑娘了。一次和姐姐的普通出行。琼开车，然后恶心呕吐。还有比这更顺理成章的吗？我应该有时间跳车，应该能在路上找到一处上演把戏的地方……珞和姐姐坐在前排，我在后排。先解决珞，如果琼看见后慌了神，松开方向盘，那就大功告成了。

除非，除非我对交通事故的伎俩不是特别的满意。首先，这没啥新意。其次，特别是其次，一切会结束得太快。我要有充裕的时间，这样就可以告诉她们事情的原委，把她们牢牢地捏在手心里，让她们意识到等待着她们的将是什么。

汽车……稍后再说。汽车可以作为结尾。我想我是有了主意。我先把她们带到一个僻静的地方，在那里杀掉她们，给她们定罪。把她们放进车里，伪装成事故。操作简单，还更让我心满意足。不是吗？有比这更好的点子吗？

我把所有细节来来回回想了会儿，这让我紧张不安起来。接着，我驱散了所有的念头，我对自己说，事情不会如我预料的那样发生，我想起了小弟。我还想起了和珞的最后一次谈话。我和这个女孩之间渐渐发生了点事，现在越发明了，而这种事会引发祸端。如果行，那就用汽车。否则的话，自认倒霉吧。边境并不远，墨西哥没有死刑。我觉得我的头脑中还隐约有另一个计划正在慢慢成形，我只要依计行事。

我那几天喝了不少的波旁威士忌。我的脑袋在全速运转。除了弹药，我又搞来了其他的东西。我买了一把铁锹、一个十字镐，还有一卷绳子。我不知道最后的计划是否行得通。如果是，那我需要的就是弹药。如果不是，别的东西就能派上用场了。至于铁锹和十字镐，那是为了应对在我脑中一闪而过的另一个点子。谋事的人会执着于一开始就天衣无缝的计划，我认为这是不对的。在我看来，最好给意外留出些许空间。当时机来临，手头应该有所需的一切设备。我的准备工作没有做到万分精确，我不知道这算不算我的失误，可一想到轿车啊，事故啊，我就没了兴致。我还没有考虑另外一个重要因素——天气。我们可能碰到各种天气，我避免花心思去想这个问题。没人知道我们要去的地方，我猜珞也会守口如瓶的，前提是我们最后一次谈话起到了效果。这点，我马上就能够知道了。

在我出发前的最后一小时，我感到一阵恐慌，我怀疑等我到达目的地的时候能不能见到珞。这是我度过的最糟糕的时刻。我坐在桌子前喝酒。我不知道喝了多少杯，但头脑清醒得很，里卡多的波旁威士忌好像变成了清水，我清楚我要干的事，同样历历在目的还有汤姆的脸庞，定格在厨房的油罐爆炸的那一刻。我下楼到杂货店，把自己关在电话亭里。我拨通了长途电话，要求接通普里维尔，电话立刻接通了。女仆告诉我珞这就过来，5 秒钟后，她接起了电话。

“喂？”她说。

“我是李·安德森。你怎么样？”

“有什么事？”

“琼走了，对吗？”

“是的。”

“你知道她去哪里？”

“是的。”

“她告诉你了？”

我听见她在冷笑。

“她在报纸的广告栏上勾勾画画的。”

这姑娘不是瞎子。她从一开始就知道是怎么回事。

“我来接你。”我说。

“你不去和她会合？”

“去的。和你一起。”

“我不愿意。”

“你很清楚，你会走的。”

她没出声，我继续说：

“如果我带上你，事情会更简单些。”

“那么，为什么要和她会合呢？”

“我们必须告诉她……”

“告诉她什么？”

这回轮到我笑了。

“我会在路上让你想起来的。理好行李，走吧。”

“我在哪等你？”

“我现在出发，两小时后到你那儿。”

“开你的车？”

“是的。在你的房间里等我。我会按三下喇叭。”

“我知道了。”

“过会儿见。”

我没等她回答就挂断了电话。我掏出手帕擦了擦前额。我走出电话亭，付了电话费上楼回到自己房里。东西已经放到车上，钱随身带着。我给总公司写了封信，向他们解释我不得不匆忙赶去哥哥那里，因为他生病了，但愿汤姆会原谅我。我不清楚，我是否想干书店这份工作，我并不讨厌它。我没有断了后路。直到此刻，我生活无虞，从来没有碰到过变数，从来都没有，但这次的事开始让我兴奋了，虽然它不会一帆风顺。我宁愿已经到了那里，了结掉一切，然后去干别的事。我无法忍受一份行将结束的工作，对待这件事同样如此。我环视四周，看一看有没有遗忘什么，我戴上帽子。接着，我走出房间，关上门。我还保留着钥匙。纳什在稍远的街区等着我。我发动汽车，出发上路。一到城外，我开足马力，一往无前。

十八

路上黑得要命，幸好车不多。反向车道上以重型卡车居多。南下的车辆寥寥无几。我是真的开足马力了。引擎的轰鸣声与拖拉机无异，温度计显示现在有华氏 195 度，但我仍一个劲地加速，这车挺得住。

我想要冷静下来。纳什就这么轰隆隆地开了一个小时，我感觉好多了，于是放缓车速，耳边又传来了车身的嘎吱声。

夜又潮又冷。开始有初冬的味道，可我的大衣还在行李箱里呢。老天啊！我就从来没这么冷过。我时刻关注路边的指示牌，不过路况并不复杂。路边时不时地会出现一个加油站，三四座木板房，接着又是无尽的公路。一头野生动物、几处果园或者庄稼地，或者一片空旷。

我的计划是用两小时走完 100 英里的路程。确切地说是 108 或 109 英里，还没算上开出巴克顿的时间，以及到达后在花园周围转悠的时间。开到珞家我用了一个半小时，或许还多出一点。我让我的纳什尽了最大的努力。我猜珞应该准备好了，我的车慢慢前滑，越过大门，尽量挨着大屋停下，我按了三下喇叭。一开始，我没听到任何声音。我坐的位置看不见珞的房间窗户，但我不敢下车，我也不想再按一次喇叭，生怕会吵醒谁。

我坐着等了一会儿，为了让自己镇定下来，我点了根烟，发现双手在颤抖。两分钟后，我把烟扔了，再三犹豫之后才又按了三次喇叭。接着，就在我要下车的当口，我预感到她来了，我转过身，看见她朝着车子走来。

她穿了一件浅色大衣，没戴帽子，拎着一个棕色手提皮包，包快要撑裂了，不过除此之外也没有别的行李。她一言不发地上了车，在我身边坐定。我关好车门，向她俯下身子，但我没打算吻她。她严防死守得就像是铁将军把门。

我发动车子，转了个弯，重又驶上马路。她紧紧盯着眼前的路。我用眼角瞥她，心想等出了城，一切都会好的。我全速开了100多英里。我们开始意识到南部越来越近了。空气更加干燥，但夜没有北方的深沉。可我前头还有五六百英里的路要赶。

我没法继续在珞的身边一声不吭。她的香水弥漫在汽车内，这让我特别兴奋，因为我想到了她站在我房间里的样子，撕坏的睡衣，猫一样的眼睛，我重重地叹了口气，引起了她的注意。她似乎是刚刚睡醒，重又恢复了生气，我试图营造点愉快的氛围，因为还是有点尴尬。

“冷吗？”

“不冷。”她说。

她打了个冷战，心情愈加不好了。我猜她是在上演所谓妒忌的戏码，可我必须认真开车，既然她要一意孤行，我也没法光用几句话就立刻搞定她。我单手扶住方向盘，腾出一只手在右边的手套盒里翻东西，我找出一瓶威士忌，放在她腿上。手套盒里还有一个树脂杯。我也拿了出来，放在酒瓶边上。我关上手套盒，打开收音机。我早该想到了，可我就是觉得不自在。

一想到还没有做的事，我就坐立不安。还好她拿起酒瓶，打了开来，倒了一杯，一口气喝干净。我伸出手。她又倒了一杯，又是一干为尽。之后才为我倒上一杯。我没搞明白自己喝的到底是什么，我把杯子还给她。她把东西一股脑儿地塞回手套盒，解开了两颗大衣纽扣，在座位上稍稍放松下来。她的西装裙相当的短，翻边却很宽。她也解开了外套的纽扣，里面贴身穿了一件柠檬黄的套头毛衣。为了交通安全，我强迫自己认真看路。

现在车里混合着香水味、酒精味，还有一点烟味，这味道绝对能让人头脑发热，可我没摇下车窗。我们两个继续保持沉默。这样持续了半小时。之后，她打开手套盒，又喝了两杯。她现在感到热了，于是脱掉了大衣。脱衣服的时候，她的身体向我靠了过来。我微微俯身，吻了她的脖子，就在耳根下方。她猛地让开，扭头看我。接着，她哈哈大笑起来。我想是威士忌发挥作用了。我又一言不发地开了 50 英里，终于发起了进攻。她也喝了点威士忌。

“精神不好？”

“还行。”她的声音慢吞吞的。

“不想和老家伙李一起出门？”

“哦，想啊！”

“不想见你的姐姐？”

“别跟我提她。”

“她是个好女孩……”

“是的，她床技出众，嗯？”

她的话生生把我噎住了。别人这么说我是不会放在心上的，朱迪、姬琪、B.J.……可是珞，不行。她看我愣在那里，又笑起来，笑得上气不接下气。当她笑的时候，可以看出是喝过酒了。

“大家不都是这么说的？”

“是这样，”我承认，“千真万确。”

“这不就是她做的事吗？……”

“我不知道。”

她又笑了。

“别装了，李，你懂的。我早过了以为亲亲嘴就会有娃娃的年纪了。”

“谁和你说孩子了？”

“琼怀孕了。”

“你有病？”

“我告诉你，李，没必要拐弯抹角的。我自己清楚我知道的事。”

“我没和你姐姐上过床。”

“上过。”

“我没做过，尽管我这么想过。你姐姐没怀孕。”

“那她为什么总是不舒服？”

“她在姬琪家的时候就不舒服了，可我没让她怀孕。你姐姐的胃娇贵了点。”

“那其他的事呢？她也太娇弱了吧？……”

她冲我挥来一阵拳头。我缩起脖子，加大油门。她使出了吃奶的劲打我。打得不算疼，可还是有感觉。她虽然没肌肉，却身体健壮，还经过良好的网球训练。等她消停了，我才振作起精神。

“感觉好点了吗？”

“好极了。那琼呢，她在那之后感觉好吗？”

“什么之后？”

“在你上过她之后？”

能再次用到“上”这个字一定让她体验到了极大的乐趣。此时此刻，如果能把手伸进她的臀部，我敢肯定那里一定是湿漉漉的。

“哦！”我说，“她有经验。”

又一阵拳头像雪崩一样袭来。

“你这个卑鄙的骗子，李·安德森。”

发泄完毕，她喘了几下，重又看向路面。

“我想我更愿意上你，”我说，“我更喜欢你的气息，你私处的毛更多，可琼的床技一流。等我们甩了她之后，我会为此感到遗憾的。”

她没反应。连同其他的话，她都一并收下。我喉咙发紧，随即有眩晕的感觉，因为我开始明白一些事了。

“我们马上就做，”珞低声说，“还是之后？”

“做什么？”我含含糊糊地回答。

我说不出话来。

“你要上我吗？”她的声音轻得听不见，我只是猜出了她的意思。

现在的我兴奋得像头公牛，这让我不太好受。

“先要干了她。”我说。

我之所以这么说，是为了看看能否把她控制得死死的。

“我不想。”她说。

“你很爱你的姐姐，嗯？你害怕了！……”

“我等不及了……”

幸运的是，我看见了一个加油站，我停下车。我要换换脑筋，否则我会失去理智的。我坐着对工作人员说话，让他帮我加满油箱。珞打开车门，跳下车。她低声说了些什么，那人指了指木板房。她走开了10分钟后又出现在我面前。我利用这段时间给一个有点瘪掉的轮胎打了气，让那人给我带了一个三明治，可那个三明治没法下咽。

珞重新上车坐好。我付了钱，工作人员又回去睡觉了。车子再次上路，我全速开了一两个小时。珞没有动弹过。她似乎睡着了。我完全冷静下来，突然，她伸了伸懒腰，打开手套盒，这次她一连喝了三杯。

我受不了了，看着她的一举一动却要克制住自己的兴奋。我试着继续驾车，又开了10英里之后，我在路边把车停下。天更黑了，但黎明即将到来，这里没有一丝风。树木森森，灌木丛丛。我们大概在半小时前穿过了一座城市。

我拉下刹车，拿过酒瓶，喝了一口，接着让她下车。她打开车门，拿上包，我跟在她后面。她向树林走去，等我们两人走到那里后就停了下来，她问我要了一支烟，而我把烟留在车上了。我让她等我一会儿，她开始翻包找烟，可我已经上路了，我一路跑到车旁。我还拿了那瓶酒。酒就快见底了，不过后备厢里还剩了点存货。

返回的时候，我走路有点困难，我开始解衣服的纽扣，我要在路上把衣服解开。就在这时，我看到手枪冒出的火星，同一时间，我感到左手手腕中枪了。我的胳膊垂在胸前，如果不是我应对得当，那颗子弹没准就钻进我肺里了。

所有念头都在一秒钟之内转瞬即逝。到了下一秒，我已经扑向珞，扭住她的手腕，冲着她的太阳穴就是狠狠一拳，因为她要咬我。可我站位不佳，我的痛苦简直来自无间地狱。她挨了我一拳，倒地不起，可我的正事还没完呢。我捡起枪，放进口袋。这是一把 6.35 口径的手枪，和我的那把一样，可这婊子瞄得真准。我跑回车子边。我用右手握住左臂，龇牙咧嘴的表情想必比京剧脸谱还精彩，可我正在气头上，根本没意识到自己有多疼。

我找到了需要的东西，还有绳子，原路返回。珞开始扭动起来。我只能用一只手来绑住她的双臂，我感到疼，不过等我绑好后，我就开始抽她耳光。我扯掉她的西装裙，撕碎她的套头毛衣，接着抽她耳光。为了脱下那件该死的毛衣，我本该用膝盖抵住她，现在我只能撕开毛衣的正面。天有点亮了，她的部分身体还隐没在森林更幽深的阴影里。

此时，她试图开口说话，她告诉我，我不应该找上她的，因为她已经打电话给德克斯，让后者报警，自从我提起要杀了她姐姐，她就觉得我是个恶棍。我听着笑了，她也露出一丝微笑，我朝着她的下巴又是一拳。她的胸脯又冷又硬。我问她为什么开枪打我，我试图克制住自己。她说我是肮脏的黑鬼，德克斯特已经把一切告诉她了，她跟我来是为了给琼通风报信，她比任何一个人都恨我。

我又笑了。我的胸膛里有把锻锤在擂打，我的双手在颤抖，我的左臂血流不止，我感觉有液体流到了前臂上。

我于是告诉她白人杀害了我的兄弟，我本应该进行更严厉的报复，不过，她也算是凑合了，我抓住她的一个乳房，直到她差点晕过去才松手，她仍旧一声不吭。我死命地打她耳光。她重又睁开眼。天亮了，我看到闪烁的泪水和愤怒。我俯身嗅她，我想我的动作和动物没啥两样，她大叫起来。我朝她屁股中间一口咬下去，满嘴都是她又黑又硬的阴毛；我松了口，对着稍下的部位又是一口，那里更加柔嫩。我沉溺于她的香水中，即使私处也仍有香味，我的牙齿咬得紧紧的。我试着用手堵上她的嘴，可她叫起来像头待宰的猪，这叫声能让你起一身的鸡皮疙瘩。于是，我用尽全身的力气咬下去，牙齿深入她的体内。我感到鲜血喷进我的嘴里，腰肢乱扭，尽管有绳子的束缚。我满脸是血，退到她膝盖处。我从没听过一个女人发出这样的叫声。我突然发现自己的裤裆有了反应。我性欲高涨，但我害怕有人不期而至。我擦亮一根火柴，看见她鲜血直流。最后，我用一顿老拳来伺候她，我先用右拳对着她的下巴来了一记，牙齿传来碎裂的声音，我继续挥拳，巴望着她会停止喊叫。我打得更加用力，我捡起她的裙子，塞进她的嘴巴，一屁股坐在她脸上。她像蠕虫一样扭动。我没想到她的生命力这么顽强，她的反抗很激烈，我差点以为我的左前臂要断了呢。我意识到我处于狂怒的状态中，恨不得把她生吞活剥。我站起来，用脚结果了她的性命，我把全身的分量压在一只脚上，踩断了她的喉咙。当她不再动弹后，我似乎又重复了一遍动作。现在的我膝盖直打战，恐怕这次要轮到我晕过去了。

十九

我本该取来铁锹和十字镐，把她就地埋了，可我现在担心的是警察。在还没干掉琼之前，我可不想被逮到。现在，无疑是小弟在指导我的一举一动。我跪在路的面前，我解开绑住她双手的绳子。手腕处留下了深深的印记，她摸起来软绵无力，就跟所有死去的死人一样，胸脯已经变形。我没取下她脸上的裙子。我不想看见她的脸，但我拿走了她的手表。我需要某件属于她的东西。

我突然惦记起自己的仪容，于是跑向车子。我看了看后视镜里的自己，没什么需要打理的。我用威士忌洗了洗，手臂的血已经止住。我从袖管里脱出受伤的手臂，用丝巾和绳子把它固定在胸前。我疼得差点哭鼻子，因为我要把手臂弯起来。不过我还是做到了，我从手套盒里拿出第二瓶酒。我浪费了不少的时间，太阳就快升起来了。我拾起璐留在车上的大衣，把它盖在尸体上，我可不愿带着这玩意上路。我感觉不到自己的双腿，幸好手抖得不太厉害了。

我坐回到驾驶座上，发动了车子。我在想，她会对德克斯说些什么呢。我担心起报警的事儿，但也没认真去想。这个念头只在后台盘旋，就像是背景音乐。

当务之急是干掉琼，那份快感将会是杀掉她妹妹时的两倍。我刚刚找到了我孜孜以求的东西。警察固然是个麻烦，但完全是另一码事；他们没法阻止我的一意孤行，我遥遥领先。他们为了捉到我，只能像无头苍蝇一样四处出击。我还剩下不到300英里的路程要开。左臂已经麻木，我加速行驶。

二十

在到达目的地前的一小时，一些往事浮上心头。我记起我第一次拿起吉他的情形。这是在一个邻居的家里，他偷偷教我弹吉他。我只会弹一首曲子——《当圣徒进入》，我凭着即兴发挥学会了整首曲子，还能边弹边唱。一天晚上，我问邻居家借了吉他，想给家人一个惊喜。汤姆开口和我一起唱歌，小弟乐疯了，绕着桌子手舞足蹈，就像是沿着安全警戒线参加游行。他手里拿着一根棍子，转个不停。就在那时，爸爸回来了，他开怀大笑，和我们一起唱歌。我把吉他还给邻居，可第二天在床上又发现了一个。二手的，但保养得很好。我每天都会练一会儿。吉他这东西会让你变得怠惰。你拿起它，弹首曲子，又丢在一边，偷会儿懒，然后重新拾起，弹上一两个和弦或者一边吹口哨一边为自己伴奏。这样的日子过得飞快。

我突然清醒过来，车子在路上颠簸了一下。我猜我是睡着了。

左臂没有任何的知觉，我渴得要命。我努力回想过去的时光想要换换脑筋，我已经清醒，急着要到达目的地，心脏在肋骨间狂跳，右手在方向盘上颤抖，我没有多余的手可以握方向盘了。我在想，汤姆此刻在做什么，也许在祈祷吧，或者给孩子们授业解惑。我是因为汤姆才认识克莱姆，才会来到巴克顿，我在那里待了三个月，经营着一家书店，收入颇丰。我想起了姬琪，还有我们在水中做爱的场景，那天的河水是多么清澈啊！姬琪青春无敌，光滑赤裸的肌肤宛若新生的婴儿。突然，我又想到了珞，想到了她黑色拳曲的浓密阴毛，想到了撕咬她时品尝到的味道，甘甜之中带着一丝咸腥，灼热的气息混合着臀部的香味，我的耳畔仍然充斥着她的嘶叫声。我感到汗水顺着前额滴下来，可我没法松开这该死的方向盘去擦汗。胃似乎有胀气，抵在横膈膜上，挤压着我的肺，而珞在我的耳边吼叫。我摸到方向盘上的喇叭，用于公路的喇叭按钮是硬橡皮的一圈，市内喇叭位于正中，我同时按下两个喇叭，想要盖过珞的叫声。

我的时速需要达到 85 英里左右，不能开得更快，还好现在开始走下坡路了，指针指向 82 英里、83，之后是 84。天亮了很久了。路上能看到一些车子，我超过几辆。几分钟后，我松开喇叭，因为可能会遇到骑摩托车的警察，我没有多余的精力和他们周旋。等我到达后，我会开琼的车，可是天知道还会碰上什么事……

我觉得我开始在车里低吼，像猪一样，声音是咬着牙发出来的。为了尽快到达，我来了个急转弯，轮胎发出刺耳的噪音。纳什猛晃两下，在左边的车道上稳定下来，我继续用力按喇叭，这次我是在笑，我快活极了，就像那时候的小弟围着餐桌高唱《当圣徒进入》……我无所畏惧。

二十一

当我到达旅馆时，我的手又该死地打起哆嗦。时间已近 11 点半，琼应该在等着我吃午饭呢，我是这么和她说定的。我打开右边的车门，从那边下车，因为我的左臂伤了，没法从左边的车门下。

旅馆是一栋白色的乡村建筑物，遮光帘全都拉得低低的。尽管已是 10 月底，这里还是阳光明媚。我没在底楼大厅找到人。旅馆和广告上说的奢华宫殿相去甚远，不过的确够偏僻，我们不能要求得更多。

我数了数，周围大概还有一打的木板房，其中有一家是加油站兼小咖啡馆，安静地躲在路边，或许是为重型卡车司机服务的。我重新走出来。如果我记得没错，我们下榻的房子应该独立于旅馆，这些房子到头就是一条小路，右转和公路会合，小路两边种着难看的大树还有斑驳的草本植物。我扔下纳什，徒步出发。我很快转了个弯，接着又转了一个，一眼看见琼的汽车停在一幢两房的小屋前，屋子还算干净。我没敲门就走了进去。

她似乎在扶手椅上睡着了，她脸色不好，可穿着体面。我本想叫醒她，就在此时，电话铃响了——这里竟然有电话。我像个傻瓜似的慌了神，跳了起来。我的心七上八下。我举起听筒又立刻放下。我知道只有德克斯特会打这个电话，德克斯特或者警察。琼揉揉眼睛。她站起来，在干其他事之前，我要吻她吻到她大喊大叫。她又清醒了点，我的手臂绕过她，想把她带走。就在这时候，她看见我的一个衣袖空了。

“怎么回事，李？”

她似乎吓到了。我在笑，笑得很难看。

“没事。我下车的时候竟然愚蠢地摔了跤，把手肘弄伤了。”

“可你在流血！”

“小伤而已……来啊，琼。开了一路的车，我是受够了。我想和你单独待会。”

电话铃又响了，电流经过的似乎并不是电话线，而是我的全身。我忍无可忍，抓起电话机扔在地上。

我用脚后跟结果了这个电话机，就像刚才我用鞋底把珞的脸踩得稀巴烂。我还在冒汗，差点就想开溜。我知道我的嘴唇在颤抖，我的样子一定像个疯子。

幸好琼没有坚持。她走出屋子，我让她上自己的车。我们可以找个稍微远点的地方清静清静，之后再回来吃午饭。差不多到吃午饭的点了，可她看上去懒洋洋的。我想，她还是不太舒服，都是腹中那个婴儿的缘故。我踩下油门，冲力把我俩推向椅背，车子开了出去。这次就快大功告成了。听着引擎的声音，我定下心来。我和琼说了些话，为自己摔坏电话的事道歉。她发现我在东拉西扯，我于是住口。她靠住我，头搁在我的肩膀上。

我开了 20 英里，找到一个地方停下车。这里的公路正在垫高，我暗想，爬下那个路堤会更好些。车停了。琼率先下车。我在口袋里摸到了珞的手枪。我并不打算马上用它。即使只剩下一条手臂，我也能搞定琼。她俯身系鞋带，我看见了短裙下的臀部，这条裙子紧紧地裹住她的胯部。我口干舌燥。她在一株灌木丛边站定。坐在那里是看不到公路的。

琼躺在地上，我立刻占有了她，但不能由着性子胡来。我需要冷静，尽管她的腰肢在扭个不停。我不用亲自上阵也可以把她弄得欲仙欲死。就在这时候，我开口了：

“和有色人种睡觉能让你这么舒服吗？”

她没有回答。她完全蒙了。

“因为，拿我来说，我就有 1/8 的黑人血统。”

她睁开眼睛，我在冷笑。她听不明白。于是，我把一切都一五一十地告诉了她。最后，还有小弟的故事，他是如何爱上一个女孩，是如何被女孩的父亲和哥哥杀掉的。我详详细细地说出了我想对珞和她干的事，用两条人命来抵一条。我在口袋里一阵摸索，找到了珞的手表，拿给她看，我表示很遗憾，没有带上她妹妹的一只眼珠子，因为它们已经被毁得面目全非了，我在她身上小小地尝试了一下我的发明。

和盘托出这一切并不容易。我一股脑儿地说了出来。她在那里，双眼紧闭，躺在地上，裙子掀到肚皮上。我感到有东西沿背脊而上，我的手情不自禁地掐住了她的喉咙。终于到了。我用的劲太大了，于是松开了手，我差不多站了起来。她脸色发青，一动不动。她任由我扼住她的喉咙，不做任何反抗。她还有呼吸。我从口袋里掏出珞的手枪，贴着她的脖子开了两枪。伴随着汩汩的流水声，鲜血冒着大大的血泡慢慢地、一股一股地喷涌而出。透过她的睫毛，只看见她的眼睛剩下一条白线。她一阵痉挛，我猜这次她是死透了。我不想看见她的脸，于是把她的身子翻了过去，趁着她还有余温，我对她做了一遍曾经在她卧室里做过的事。

我大概是立刻昏了过去。当我意识恢复的时候，她已经凉透了，不再动弹。我撇下她，回到车里。我勉强能拖着腿往回走，眼前亮晃晃的一片。我坐回驾驶座，想起纳什上面还有威士忌，我的手又颤抖了。

二十二

卡洛斯探长把烟斗搁在办公桌上。

“我们永远都抓不到他。”他说。

卡特摇摇头。

“我们可以试一下。”

“就凭两辆摩托车，我们没法抓住一个开着一辆 800 公斤的轿车、时速达 100 英里的家伙！”

“我们可以试一下。或许会丧命，但值得一试。”

巴罗没有出声。这是个高个子男人，身材瘦长，一头棕发，笨手笨脚，说话喜欢拖长尾音。

“我也同意。”他说。

“我们这就走？”卡特说。

卡洛斯看看这些人。

“小伙子们，”他说，“你们是在拿自己的生命冒险。但如果你们成功了，就能得到晋升。”

“我们不能让一个该死的黑人把整个国家搞得血流成河。”卡特说。

卡洛斯没有搭腔，他看了看手表。

“现在是 5 点，”他说，“他们 10 分钟前来过电话。他会在 5 分钟内经过这里……如果他是往这里走的话。”他又加了一句。

“他杀了两个女孩。”卡特说。

“还有一个汽车修理工。”巴罗补充道。

他走向门口，确认柯尔特左轮手枪在敲打自己的屁股。

“已经有人在追捕他了，”卡洛斯说，“根据最新消息，他们一直紧咬着他不放。有辆好车现在出发了，我们在等另一辆。”

“我们最好把车子发动了，”卡特对巴罗说，“你坐我后面，我们就开一辆摩托车出去。”

“这不合常规。”探长表示抗议。

“巴罗会射击，”卡特说，“他一人没法一边开车一边开枪。”

“哦，那你们自行解决吧！”卡洛斯说，“我就甩手不管了。”

印第安摩托车立刻就发动了。卡特险些把巴罗甩下车，但后者稳住了。巴罗是反坐在位子上的，他的背靠着卡特的背，两人用一根皮带固定住。

“等出了城就开慢点。”巴罗说。

“这不合常理。”卡洛斯一边嘀咕，一边神情忧郁地看着巴罗的摩托车。

他耸了耸肩，回到警局办公室。但很快又出来，一辆别克牌的白色庞然大物刚刚轰鸣着引擎从前面经过，他看见车尾消失在眼前。接着，他听到警笛声，四辆摩托车驶过——还有一辆轿车紧跟在他们后面。

“该死的马路！”卡洛斯又骂了一句。

这次他留在了外面。

警笛声渐渐远去。

二十三

李空嚼着嘴巴。他的右手神经质地在方向盘上移来移去，脚上用尽全力踩住油门。他双眼充血，汗水顺着脸庞往下淌。金色的头发沾染了汗水与一路风尘。他侧耳隐约听见了身后的警笛声，可路况太差，警察没法开枪射击。他看见前方有一辆摩托车，于是向左行驶，企图超越它，不过两者还有一定的距离。突然，挡风玻璃裂开了，碎裂的玻璃碴扑面而来。摩托车与别克轿车处于相对静止的状态中，巴罗就像在打靶场里一样小心翼翼地瞄准目标。李瞥见了第二、第三枪的火星，子弹偏了。他在路上左冲右突，试图躲避子弹的轨迹，可挡风玻璃又碎了，这次离他的脸更近。狂风透过弹孔呼啸而入，点 45 柯尔特手枪射出的黄铜子弹钻出了一个完美的圆形。

接着，他以为别克车加快了速度，因为他离摩托车越来越近，但他突然明白是卡特在故意减速。他的嘴角露出一丝隐约的笑容，脚上轻轻松开了油门。摩托车和别克车只差 20 米、15 米、10 米。李又一次把油门一踩到底。巴罗的脸近在咫尺，一颗子弹击穿了他的右肩，他疼得跳了起来。他咬紧牙关，握紧方向盘，超过摩托车。只要超过去，他就能高枕无忧了。

马路突然转弯，之后便是一马平川的直路。卡特和巴罗始终处在别克车的后轮处。尽管有悬挂系统，可受伤的双臂现在能感受到最轻微的震动。他看向后视镜。目力所及，只有两个警察的身影，他看见卡特减慢了车速，在路边停下，巴罗反了个身重新坐好，他们现在是没法再超车了。

马路在前方 100 米处向右分出一条岔道。李注意到了一栋建筑物。他没减油门，一头冲进了路边刚刚耕作过的农田。别克车猛地一弹，车头偏离了正确的方向，伴随着每个金属零部件发出的呻吟，他还是拉回了方向，把车停在谷仓前，他来到门口。两条胳膊无时无刻不传来阵阵刺痛。挂在胸前的左臂又恢复了血液循环，疼得他哀叹连连。他跑向一个通往阁楼的木梯，一个箭步蹿了上去。他差点就失了平衡，不过还是依靠神乎其技的本事稳住了身体，并用牙齿咬住一块凹凸不平的巨大的木质圆柱体。李在半路停下，气喘吁吁，一根木刺划伤了嘴唇。他又一次尝到了热血的咸腥味，才发现自己的牙关咬得有多紧，他先前也饮过珞的鲜血，在她的双臀之间，那里还残留着和她年龄并不相符的法国香水的味道。他又一次看见了珞扭曲的嘴巴，沾血的西装短裙，一片光亮在眼前跃动。

他慢慢地、艰难地向上攀爬，警笛声回响在谷仓外。珞的叫声却凌驾在警笛声之上，在他的大脑中复活、骚动，他又开始动手谋杀珞，同样的观感、同样的快感占据了他的身心，与此同时他爬上了阁楼。外面，所有的声音都消停了。在没有右臂的帮助下，他艰难地爬上天窗，现在即使是最微小的动作也是一场酷刑。在他前面，是一望无际的金黄色农田。日暮西斜，微风拂过路边的野草。鲜血从右臂流出，沿身体而下。他越来越虚弱，他开始颤抖，恐惧袭上心头。

警察包围了谷仓。他听见他们在喊话，他的嘴巴张得大大的。他感到口渴，汗水涔涔，他想用三字经来问候这些人，却感到喉咙发干。他看见鲜血在身边汇聚成了一个小池塘，沾到了他的膝盖上。他像树叶一样抖个不停，牙齿在打架，木质楼梯上传来了脚步声，他开始哇哇大叫，这嘶哑的叫声越来越响。他试图摸出口袋里的手枪，在疯狂的努力下终于做到了。他把身子靠在墙上，尽量远离入口，穿蓝色制服的人会突然从那里现身的。他握住手枪，却再也不会开枪了。

喧嚣散尽。他不再吼叫，脑袋垂在胸前。他似乎听见了一些声音。时间流逝，子弹击中了他的胯部。他的身体垮了下来，慢慢倒下。在嘴角撞向谷仓粗糙的地板的那一刻，一丝唾液与之汇合了。吊住左臂的绳子在手臂上留下了深深的淤青。

二十四

村警还是把他吊了起来，因为他是黑人。裤子下面，他的小腹位置还可耻地隆起了一个小包。

图书在版编目 (CIP) 数据

李·安德森的复仇 / （法）鲍里斯·维昂著；黄雅琴译 .-- 桂林：漓江出版社，2022.12

（外国名作家文集 . 鲍里斯·维昂卷）

ISBN 978-7-5407-9219-0

Ⅰ . ①李… Ⅱ . ①鲍…②黄… Ⅲ . ①中篇小说—法国—现代 Ⅳ . ① I565.45

中国版本图书馆 CIP 数据核字（2022）第 031408 号

LI · ANDESEN DE FUCHOU

李·安德森的复仇

[法] 鲍里斯·维昂　著

黄雅琴　译

出版人：刘迪才

策划编辑：张谦

责任编辑：黄彦

书籍设计：石绍康

责任监印：张璐

出版发行：漓江出版社有限公司

社址：广西桂林市南环路 22 号　邮编：541002

发行电话：010-65699511　0773-2583322

传真：010-85891290　0773-2582200

邮购热线：0773-2582200

网址：www.lijiangbooks.com

微信公众号：lijiangpress

印制：北京中科印刷有限公司

[北京市通州区宋庄工业区 1 号楼 101 号　邮编：101118]

开本：880 mm × 1230 mm　1/32

印张：5.5　字数：94 千字

版次：2022 年 12 月第 1 版　印次：2022 年 12 月第 1 次印刷

书号：ISBN 978-7-5407-9219-0

定价：38.00 元